DIALOGVE
DES CAVSES
DE LA
CORRVPTION
DE
L'ELOQVENCE.

TEGIT ET QVOS TANGIT INAVRAT

BIBLIOTHECÆ REGIÆ

A PARIS,

Chez IEAN CAMVSAT, ruë S. Iacques,
à la Toyson d'or.

M. DC. XXXVI.
AVEC PRIVILEGE DV ROY.

A PHILANDRE.

E vous enuoye la version que vous m'aués o-bligé de faire, & que nôtre amitié ne m'a pas permis de vous refuser. Le desir que j'ay eu de vous conten-ter m'a fait passer par des-sus des difficultez , qui m'eussent empesché de commencer cet ouurage, si j'eusse eu la liberté de suiure mon inclination. Certes il me sembloit que ie ne pourrois exprimer en nôtre langue les belles choses qui font escrites dans cette rare piece, fans les defpouiller de leur dignité; & d'ailleurs ayant à faire parler les plus grands Orateurs du fiecle de Quintilien de l'excellence de leur profeffion, j'auois fujet de craindre que ce qui vous doit eftre vn gage de mon affection,

ne fuſt pluſtoſt vn témoignage de ma foibleſſe.
Mais la puiſſance que vous
auez ſur moy a vaincu ces
conſiderations , & ie n'ay
pû trouuer de raiſons aſſez
fortes pour oppoſer a vôtre
priere. I'eſtime que com-
me vous m'auez donné le
courage d'entreprẽdre cette traductiõ, vous me ferez
la faueur de vous en rendre
le protecteur, & que ſi vous
la faites voir à quelqu'vn,

vous prendrez la peine d'en excuſer les defauts. Toutesfois ie crois qu'il ſeroit plus à propros qu'elle demeuraſt enfermée dans vôtre cabinet ; car vous ſçauez que ie n'ay trauaillé que pour vous, & que vôtre fatisfaction eſt la ſeule fin que ie me ſuis propoſée. Que ſi vous en diſpoſez autrement, ſouuenez vous qu'elle a beſoin de vôtre ſupport,& qu'en l'expoſant au jugement des hommes , vous la mettrez au hazard d'eſtre condamnée , ſi vous n'employez toute vôtre eloquẽce pour la defendre.

PREFACE.

Haque langue a ſes delica-
teſſes particulieres, & il ne
ſe trouue pas moins de difference entre les opinions
des hommes pour la beauté,
qu'entre leurs gouſts pour
les graces du ſtile, & les ornemens de l'eloquence, ſoit qu'on la reſerre dans les eſtroi-
tes limites de la poëſie, ſoit qu'elle regne auec
plus de liberté dans les actions oratoires.
Tous les ſiecles nous ont fourny des preuues
de cette diuerſité d'opinions, & ie croy pour
moy qu'en beaucoup de rencontres elle eſt
fondée ſur la raiſon. Car puis que nous ad-
nouöns que l'ame ſe ſert des organes du corps
pour exercer ſes fonctions, & qu'elle agit
plus ou moins parfaitement, ſelon leur bonne
où mauuaiſe diſpoſition, il ne faut pas s'é-
tonner ſi ceux qui viuent ſoubs vn climat
qui leur donne vn temperament particulier

é

ne raisonnent pas de même sorte, & par
consequent s'ils expriment leurs pensées d'u-
ne autre façon que ceux qui ont receu en
naissant des influences toutes contraires. En
un endroit les hommes naissent propres aux
sçiences qui appartiennent à l'entendement,
en un autre ils reüssissent aux disciplines
qui demandent de la memoire, où de l'ima-
gination ; & comme la foiblesse de l'esprit
humain est cause que chacun n'admire que
les auantages qu'il possede, que ce qu'il n'a
pas accoustumé de voir luy paroît ridicule,
& qu'il juge tous ses dégouts raisonnables,
il arriue que ceux qui passent pour sçauans
dans châque nation, n'ayant cultiué que cette faculté de l'ame qui leur est particuliere-
ment auantageuse, ne se peuuent persuader
que les ouurages ou elle n'éclatte pas meritent
leur approbation, ny qu'il se trouue un autre stile capable de dire de belles choses, que
celuy auquel leurs oreilles sont accoustumées.
Il est vray que les maximes des sçiences ne
changent pas selon les climats, & qu'un

PREFACE.

bon raisonnement doit contenter par tout
les esprits qui sont raisonnables. Qui ne sçait
toutesfois que la façon de traittter les sujets
en change la beauté, si elle n'en altere la nature tout a fait ; & que ceux qui n'ont pas
conjoint la politesse à l'estude, & les douceurs
de l'eloquence à la subtilité de l'entendement, corrompent les plus agreables matieres qui tombent entre leurs mains? De la
vient que les liures ordinaires qui traittent
des disputes de l'eschole, soit de cette partie
de la Philosophie qui polit le raisonnement,
soit de celle qui est occuppée en la recherche
des merueilles de la nature, & en la con-
templation des intelligences, ou de cette
sçience plus haute & plus noble, qui s'éle-
uant jusques dans le ciel, découure des mysteres qu'il est plus à propos de croire que
d'examiner, ne se peuuent lire sans dégoust
par ceux qui aiment la pureté Latine, &
qu'ils paroissent encores plus barbares estans
traduits en nostre langue. Car comme on
ne se sert plus des habits pour se deffendre

PREFACE.

des injures de l'air seulement, le luxe inuen-
tant tous les jours de nouuelles affeteries, &
la vanité trouuant des enrichessemens pour
rendre les personnes qui les portent plus re-
marquables; ainsi ce n'est pas assez pour nous
contenter, que les paroles expriment les pen-
sées de l'autheur, il faut qu'elles l'expriment
auec la magnificence & la douceur qui luy
sont conuenables, & que la doctrine se pre-
sente plustost soubs les ornements qui sont au
goust du siecle, que soubs ce visage austere,
& ces habits déchirez qu'elle porte parmi les
Philosophes. Mais ie passe bien plus outre,
& ne crains point de dire que les ouurages
dont tous les endroits ne respirent que gen-
tillesse & qu'amour, ont des graces qu'ils ne
peuuent conseruer en changeant de langue.
Car on peut remarquer dans vne excellen-
te piece, soit de vers, soit de prose, où l'ob-
seruation judicieuse de la bien-seance, ou les
pensées, pour parler à nostre mode, qui con-
sistent quelquefois en vne pointe subtile pri-
se de la chose que l'on traite, & quelquefois

en l'heureuse application d'vn sujet de nature differente ; ou l'harmonie des periodes,
les rencontres tirées de la signification equi-
uoque d'vn méme mot, les metaphores, &
les comparisons ; ou les descriptions exac-
tes & naïfues de quelques coustumes particulieres aux païs, & aux personnes qui sont
introduites dans le discours. Or en tout cela
chaque nation a ses sentimens à part ; de
sorte qu'il ne faut pas s'estonner si ce que les
estrangers adorent comme vn effort incomparable d'esprit, ne rencontre pas icy des ap-
probateurs seulement, & si ce que nous esti-
mons diuin en nostre langue, a de la peine à
passer parmi eux pour la production d'vn
esprit raisonnable & ordinaire.

Ce sont les raisons qui m'auoient obligé
de croire jusques icy, que la plus part
de ceux qui se mélent de traduire font vne
entreprise plus temeraire que judicieuse, &
qu'il n'appartient qu'aux excellents hommes
de s'adonner à ce trauail. Car ie n'ay jamais pû estre de l'opinion de beaucoup de

personnes, qui le croyent indigne d'un esprit courageux, & capable de produire quelque chose de luy même, aprés auoir leu les excellentes versions d'Amiot & de Vigenere, pour ne point parler des plus fameux autheurs de l'antiquité, qui n'ont pas dédaigné de s'adonner à ce trauail, soit pour enrichir leur païs des richesses estrangeres, soit pour former leur stile, & acquerir la facilité d'écrire, à quoy cet exercice ayde extrémément. Qui ne sçait que le premier nous a donné une des plus riches pieces de la Grece, & que si Plutarque eust parlé François, il ne se fût pas expliqué d'une autre façon? Le stile de ce grand Philosophe est si obscur & si difficile, qu'il merite d'estre excusé, s'il n'a pas exprimé sa pensée en quelques endroits auec cette fidelité scrupuleuse que demandent les Critiques. En une si longue carriere, un faux pas est pardonnable, & si on le peut surpasser en un petit nombre de passages, j'estime qu'il ne peut estre imité dans ce qui reste, & que personne n'entendit jamais mieux sa langue qu'il faisoit. Pour le second, qui n'admire son Tite Liue, & tant d'autres témoignages d'une rare erudition qu'il nous a laissez dans ses commentaires. Ie ne parle point de son stile; car il faut luy pardonner ses rudesses, qu'il a peut estre negligées de corriger, ou qui, pour mieux dire, sont du tout inéuitables à ceux qui font une plus particuliere profession de doctrine que d'eloquence.

Mais quand ces excellents hommes n'auroient pas rendu le trauail de la traduction glorieux, l'autheur de celle que ie te donne me forceroit de l'estimer, & toute la France luy auroit de l'obligation du riche present que sa plume luy fait aujourd'huy. Auparauant que j'eusse rien sçeu de son dessein, j'auois leu l'original de cet incomparable Dialogue auec des rauissemens d'esprit qui ne se peuuent exprimer, & il me sembloit que Rome ne nous auoit rien laissé de plus accomply en ce genre. I'adorois ces morts, dont les entretiens familiers auoient tant de lu-

mieres & de beautez; & j'estois bien aise
qu'ils se fussent sauuez de la cruelle charité
de ces ignorans traducteurs, qui pour faire
connoistre vn autheur dans vn autre pays
que le sien, ne se soucioient pas de l'y faire
veoir soubs des habits ridicules. Soit que le
respect les eust empéchez de porter leurs mains
sacrileges sur cet ouurage, ou que, comme il
est plus vray semblable, la delicatesse du
stile, la grandeur des matieres qui s'y trai-
tent, & l'obscurité de beaucoup de passages,
leur eussent fait perdre l'esperance de venir
à bout de sa traduction, ie les loüois de ne
l'auoir pas entreprise; & il me sembloit en
cette rencontre que lon pouuoit comparer vne
si diuine piece à cette statuë de Pallas que
lon voyoit dans la ville de Saïs, qui se
vantoit que personne n'auoit encore osé luy
oster son voile. Mais apres la lecture de
cette traduction, il faut que chacun aduoüe
aussi bien que moy, que nostre autheur le leue
de si bonne grace, & si aduantageusement
pour sa gloire, qu'elle a plus de sujet de le
                                    remercier

remercier de fa hardieffe, qui découurant à la France des beautez qui luy eftoient ca-chées, luy gagne de nouueaux adorateurs, que de s'en offencer.

Ceux qui entendent les fecrets de la lan-gue Latine, fçauent qu'elle n'a point, ou fort peu de rapport auec la noftre; que la phrafe, les figures, le tour des periodes, & les liai-fons qui les doiuent attacher les vnes aux autres, font toutes differentes; & qu'il arriue fouuent qu'vne penfée, dont la force eft ren-fermée dans la hardieffe ou la briefueté d'v-ne maniere de parler, deuient languiffante, & ne fe recognoît quafi plus, à caufe des cir-conlocutions dont il faut vfer pour l'expliquer à noftre mode. Mais aprés auoir leu auec quelque foin l'ouurage dont il eft main-tenant queftion, ou lon void des periodes entieres corrompuës, des lignes tranfpo-fées, des points changez, des mots ou-bliez, ou hors de leur place, & des breches déplorables aux endroits qui traictent de la plus haute & importante matiere de tout le

i

Dialogue, on aduoüera sans doute qu'il n'appartenoit qu'à ★ ★ ★ ✶ ✕ ✶ ✶ de le faire François, & qu'on ne peut assez admirer la force de son genie, la connoissance exacte qu'il a euë des mouuements & du langage de son autheur, sa bonne fortune & sa patience, laquelle n'étoit pas moins requise en ce trauail que l'industrie & la capacité. Son stile est si riche & si net tout ensemble, les periodes s'y font voir si agreablement tournées, la suitte y est si belle, que si le titre du liure n'aduertissoit les lecteurs qu'il n'est que l'interprete d'vn autre, ils auroient de la peine à s'imaginer qu'vn esprit pût conseruer tant de graces & de liberté, ne violant point les loix de la traduction.

Mais comme l'humilité n'est pas vne de ses moindres vertus, j'ay charge de les aduertir de sa part qu'il a suiui en quelques lieux les opinions de Lipse, soit pour l'explication du sens, soit pour l'addition, ou le retranchement de quelques mots; & qu'en la

pluſpart des autres, les commentaires d'Aci-
dalius luy ont ſerui pour eſclaircir l'obſcurité
de mille paſſages, que cet excellent homme
a reſtituez heureuſement. Sçachant que ce
n'eſt pas bien traduire, que de rendre mot
pour mot, & qu'il faut s'accommoder aux
oreilles de ceux pour leſquels on trauaille, il
a changé hardiment les liaiſons des periodes
pour faire la ſuitte meilleure, & adjouſté
quelquefois une ligne pour expliquer ce qui
pouuoit eſtre obſcur. Il s'eſt ſerui de circonlo-
cution, afin d'éuiter l'employ de quelques
mots propres qui ne ſont pas connus hors de
leur pays, ou pour adoucir des metaphores
qui ſembleroient ridicules. Car comme ce Dialogue eſt rempli de harangues, où l'eloquence
paroît auec tant de force & de majeſté,
qu'on void bien que c'eſt pour elle meſme
qu'elle parle, il eſtoit ſans douté obligé d'a-
uoir plus de ſoin de la douceur des nombres,
de repreſenter tous ſes mouuemens, & de
prendre garde à ne luy dérober rien des figures qui l'embelliſſent, & des excellents traits

d'esprit dont il est enrichy ; ce qui ne se pouuoit
faire, s'il eust obserué vne autre conduite en
sa traduction. Ceux qui la condamneront, auroient raison s'il trauailloit sur vne histoire fidelle, ou il ne faut rien changer, soit
en la forme de la narration, soit au jugement que l'écriuain fait sur les conseils, &
les euenements des affaires publiques. Car
puisque c'est elle seule qui enseigne hardiment
aux Princes à faire la distinction des bons
& des mauuais aduis qui leur sont donnez,
& qu'elle les instruit en la personne des autres, j'estime qu'alterer ses veritez n'est pas
vn moindre crime, que de violer vn sepul-
chre, corrompre vn testament, ou empoison-
ner les fontaines d'vne ville.

Outre la gloire qu'il peut legitimement
attendre de la dexterité d'esprit qui paroît
en toutes les lignes de cét ouurage, j'estime
pour moy que l'élection de son autheur le
rend encore digne d'vne particuliere loüange. Car si ie ne me puis assez estonner du
peu de jugement de ceux qui ont choisi des

escrits barbares pour les faire lire en nostre
langue, j'ay de la peine à souffrir l'impunité
auec laquelle nostre siecle souffre les tradu-
ctions de tant d'abominables liures, qui dé-
criuant les crimes estrangers auec tout le fard
qui les peut rendre agreables, nous ont donné l'enuie de les essayer. I'auoüe que la com-
munication que nous auons euë auec nos
voisins, soit par les guerres, ou par le com-
merce, a beaucoup aydé à nous faire déchoir
de nostre ancienne vertu; la corruption toutesfois ne seroit pas si generale, & l'impudence ne fust jamais venuë jusqu'à ce point,
que de faire passer le luxe pour galanterie,
le mépris de l'honnesteté, & des plus sain-
ctes loix de la nature, pour sagesse, la tra-
hison pour prudence, & l'atheisme pour force d'esprit, si les malheureux professeurs de
tous ces sacrileges n'eussent trouué parmy nous
des interpretes qui les ont expliquez à tout
le monde. Platon formant l'idée d'vne parfaite republique, en bannissoit la poësie, qui
pour n'en point mentir a des appas capables

de seduire la plus austere vertu, quand elle
veut entreprendre de la tenter, mais qui
sçait en recompense donner des couronnes im-
mortelles aux hommes excellents, qui l'obli-
gent par la grandeur de leurs actions de les
faire connoistre à la posterité. Mais auec quelle rigueur, à vostre auis, eust-il deffendu à ses
citoyens ces dangereuses lectures, qui ne peuuent laisser que des mauuaises impressions
dans l'esprit, & qui conduisent leurs lecteurs
dans le precipice par vn chemin agreable? De
quelle punition n'eust-il point jugé dignes ces
publics ennemis de l'innocence & de l'honnesteté, qui prennent la peine de faire le tour
du monde pour recueillir des poisons, &
qui n'osans pas debiter des monnoyes estrangeres dans leurs pays, y donnent cours à des
dissolutions & à des vices, que l'on ne sçauroit
pas même nommer honnnestement? I'aurois
beaucoup de choses à dire sur ce sujet, si ie
ne craignois de faire vne digression importune, & si ce ne m'estoit assez d'auoir mon-
tré par le mal qu'apporte la traduction des

PREFACE.

mauuais liures, la gloire que merite celle que
l'on te prefente, dont chacun peut receuoir
de l'vtilité. Tout y eft chafte ; le deffein, le
ftile, les penfées font pluftoft dignes de l'ancienne Rome, ou méme les delices legitimes
eftoient inconnuës, que d'vn fiecle ou (comme parle noftre autheur) les hommes auoient
plus degeneré de la vertu de leurs anceftres,
que de leur eloquence. Les plus difficiles y
admireront les graces de l'elocution, qui ne
fe fent point, ou fort peu, de vices que lon
affeCtoit de fon temps ; les raifons y paroif-
fent auec toute la force & la majefté que
lon peut fouhaiter ; l'ordre y eft fi fidellement
gardé, la bien-feance fi religieufement obferuée, les matieres fi curieufement debattuës,
& les jugemens fur la difference de l'efprit
& des ouurages des anciens Orateurs pro-
noncez auec tant de juftice & de fidelité,
qu'il faut eftre barbare, pour ne lire pas cette excellente piece auec plaifir, & jaloux de
la gloire de fon traduCteur, pour ne le loüer
que communement de l'auoir entreprife. Les

poëtes y verront leur art agreablement at-
taqué, & diuinement souftenu; car il femble que les Mufes ne fe voulant fier qu'à
elles mémes de leur deffenfe, parlent icy par
la bouche de Maternus, pour fouftenir la
douceur de leurs folitudes, & la gloire de
leur profeßion. Les Orateurs y contemple-
ront les difficultez qu'ils doiuent furmonter
auparauant que de paruenir au temple de
l'eloquence, l'vtilité de leur art quand ils
en ont acquis la perfection, & l'honneur qui
les accompagne quand ils l'exercent en gens
de bien.

Aprés auoir rendu raifon de la conduite que le traducteur a obferuée, il me
femble que ie fuis obligé de dire quelque
chofe du titre de ce liure, qui met d'abord
l'efprit des lecteurs en incertitude. Lipfe
ayant doubté de fon autheur, ie ne fuis pas
fi temeraire que de vouloir prononcer aprés
luy, fi c'eft à Tacite où à Quintilien que
nous le deuons attribuer. Toutesfois s'il m'eft
permis de dire mes foupçons, & d'employer
des

des conjectures probables en l'esclaircissement
de cette controuerse, j'auoüe que j'ay de la
peine à me persuader que le premier en soit
le veritable pere. Car le stile de ce Dialogue est tout à fait differend de celuy des hi-
stoires & des annales, qu'il peut appeller
sien, & dont le caractere est fort reconnois-
sable. On me respondra peut-estre qu'vn
autheur peut auoir affecté en sa jeunesse vne
maniere d'escrire, qu'il changera lors qu'a-
uançant en experience à mesure qu'il auance
dans l'âge, il la reconnoîtra desagreable au
goust de son siecle; & que l'on doit faire vne
grande difference entre la narration des eue-
nemens de la guerre, ou des affaires de la
paix, qui demande vn stile pressé, & plus
remarquable par la solidité des raisons, ou la
netteté des jugemens sur ce qui est raconté,
que par l'affeterie des parolles, & la delicatesse des pensées. Et entre les sujets qui se
traittent dans cet ouurage, où la poësie estant
accusée & deffenduë, l'eloquence des anciens
soustenuë & attaquée, il estoit besoin d'vne

ó

elocution auβi fleuriβante que la matiere.
Car les perſonnes qui ſont introduites, ſe fuſſent monſtrées ridicules, entreprenant des
diſcours de telle importance, ſans ſe ſoucier
des beautez, de la diction, de la force des figures, ou des mouuemens qui doiuent animer
les actions oratoires, telles que ſont leurs harangues. De ſorte que la diuerſité de genie
& de ſtile qui paroît dans ces deux ouurages, n'eſt pas vne raiſon aβez forte pour empeſcher de croire qu'ils ne ſoient à Tacite,
lequel eſtoit trop habile homme, pour ne donner pas à châque ſujet le genre d'eloquence
qui luy eſtoit propre. Mais la reſponſe à ces
objections eſt facile. Car premierement il eſt
certain que quelques diuerſes matieres que
traite vn autheur, & quelque changement
qui arriue en ſa façon d'eſcrire, il luy reſte
touſiours vn certain air qui le fait recon-
noiſtre. Ce que ie ne penſe pas pouuoir mieux
prouuer que par l'exemple du grand Ciceron,
lequel dans les liures de Philoſophie qu'il
nous a laiβez, retient mille choſes du cara-

Etere de ses harangues. Outre cette raison, il paroit par vn paßage de ce Dialogue, qu'il a esté composé dans la sixiéme année de l'Empire de Vespasien, & l'autheur dit qu'il étoit fort jeune. Mais Tacite deuoit estre âgé en ce temps là; car il confeße dés les premieres lignes de son histoire, que c'est soubs ce Prince qu'il a commencé d'auoir charge dans la republique. Ie croirois donc plus volontiers que Quintilien est l'autheur que nous cherchons. En effect, ce stile est entierement conforme au sien, & il cite souuent vn liure qu'il auoit composé des causes de la corruption de l'eloquence, dans lequel il parloit de l'hyperbole. Or ce titre semble estre plus propre à nostre traicté, qu'aucun autre, comme on juge par le discours de Meßalla, qui explique cette matiere diuinement. Et si nous auions toute la harangue de Maternus, ie ne doute point que nous ne vißions le discours auquel il renuoye ses lecteurs pour apprendre l'art de se seruir d'vne figure extremément delicate. De plus, si on veut pren-

ó ij

dre la peine de lire le dixiéme liure de ses
institutions de Rhetorique, on trouuera les
mémes jugemens qui sont icy sur les vices,
& les perfections des anciens Orateurs. Ie
sçay que ceux qui sont de l'autre opinion me
peuuent alleguer, que faisant vn denombre-
ment au méme lieu des aduocats du temps
passé, & de ceux qui auoient de la reputation dans son siecle, il ne dit rien ny d'Aper
ny de Maternus, qui sont les principaux en-
treparleurs dans ce Dialogue, & que parlant de Iulius Secundus, il témoigne qu'ils
estoient non seulement de méme temps, mais
encore de méme âge; ce qui ne s'accorderoit
pas auec ce qu'il dit des l'entrée de ce discours, qu'il suiuoit Aper & luy, comme vn
jeune homme qui se veut appliquer à la
plaidoyerie à coustume d'assister aux actions
publiques, & aux conferences de ceux qui
sont vieillis, & que l'on estime les premiers
en la méme profession. Mais ie responds, que
le Dialogue estant vne espece de Poëme, il
est permis d'y employer telles fictions que l'on

veut, & que Qintilien a pû se seruir du
nom de ces grands hommes qu'il fait parler,
pour donner plus de credit à son ouurage,
sans s'arrester aux circonstances du tems. Il
se peut faire aussi que ces deux Orateurs ont
desiré qu'il ne fist aucune mention d'eux par
modestie, ou qu'estant leur amy, il a mieux
aimé n'en parler point du tout, que de leur
donner des loüanges qui eussent esté soupçon-
nées de flaterie, comme escrites par une
personne suspecte. Quoy qu'il en soit, cette
dispute ne derobe rien à nostre piece de sa
perfection ; au contraire, il semble que ce
soit l'ordinaire fortune des choses excellentes, d'auoir une origine inconnuë. On sçait
la source des petites riuieres, mais celle du
Nil est encore à découurir. Et s'il m'estoit
permis aujourd'huy de parler à la façon des
anciens, ie dirois que comme les Heros ne
pouuant nommer leur pere, faisoient aise-
ment croire par la grandeur de leurs actions
qu'ils estoient enfans des Dieux ; qu'ainsi cette
production d'esprit dont l'autheur est incer-

tain, estant au point de perfection ou nous l'admirons, peut-estre legitimement attribuée au Dieu de l'eloquence méme.

Mais il faut adjouster à la honte de la France, qu'elle semble auoir esté composée pour nostre siecle, ou l'eloquence n'est pas moins corrompuë que nos mœurs, ou les uns la chargent de chaines, les autres la fardent, & ou chacun adorant ses propres fantaisies, n'estime que ce qu'il espere de pouuoir imiter. Ce n'est pas assez aux esprits insolents contre lesquels ie parle, de monstrer un dégoust de toutes les choses presentes; l'antiquité n'a point de tombeaux si sacrez, ou ils n'entrent pour en tirer les cendres, & les jetter au vent. Ceux qui sont eschappez de la fureur des barbares, ces Grecs & ces Romains, qui retiennent encore aujourd'huy un Empire plus absolu sur les personnes qui font profession des lettres, que les Estats dans lesquels ils viuoient n'ont jamais fait sur les autres peuples de la terre, ne peuuent se sauuer de leurs mains prophanes. Comme si la sagesse

PREFACE.

& la verité ne s'estoient reuelées qu'à leurs
petits entendemens, tous les siecles passez qui
les ont reconnus pour leurs maistres, sont
condamnez par eux d'idolatrie & de stupi-
té. Les reigles qu'ils nous ont laißées, pour
estre trop difficiles, ne leur paroißent pas raisonnables ; il les nomment obscurs, quand il
ne les peuuent entendre ; ils les accusent de
se perdre dans l'air, à cause qu'ils n'ont pas
assez bonne veuë pour les suiure ; & pour
se mettre en leur place, ils se seruent de l'ar-
tifice des adulteres, lesquels voulant débau-
cher vne honneste femme, commencent par
le dégoust qu'ils luy donnent de son mary, &
par l'accusation des loix de l'honneur qu'elle croit estre obligée de garder. Pour moy, qui
philosophe plus populairement, j'estime qu'il
n'y a point de si habille homme, qui ne puiße
aduoüer sans rougir de honte, qu'il est obligé aux anciens des forces & de la lumiere
de son esprit ; & que quelqu'vn se peut as-
seurer d'auoir fait vn grand progrez en l'e-
loquence, quand il commence à lire Ciceron

& Demosthene auec plaisir. Lors que j'entends ceux qui les blâment sans les connoître, disputer par une honteuse flatterie à qui donnera plus de loüange à un ouurage moderne qui ne sera que mediocre, il me souuient de ce que j'ay autrefois leu des Iuifs, qui se réjoüissoient de voir les fondemens d'un second temple, tandis que les vieillards, témoins de la gloire du premier auquel il n'auoit rien de comparable, fondoient en larmes.

Ce n'est pas toutefois que ie veüille conseiller l'imitation des anciens, sans consulter ny ses oreilles ny son jugement, & que nous n'ayons aujourd'huy en France beaucoup d'excellentes productions d'esprit, qui peuuent entrer en comparaison auec les plus parfaites que l'antiquité nous ait laissées. La nature n'est pas moins liberale de ses graces aux François, qu'aux Grecs & aux Romains. Elle fait des chefs-d'œuures partout, & cette eloquence aprés laquelle tant de personnes souspirent, n'est pas l'heritage d'une seule nation.

PREFACE.

nation. *Mais je ne songe pas qu'il y a long temps que j'ay passé les bornes ordinaires d'une preface, & qu'il valloit bien mieux conduire tout d'un coup les lecteurs dans ce temple que ie leur ouure, que de les arrester si long temps à la porte par un rude & desagreable recit des merueilles qu'ils y doiuent contempler. Ce qui me console toutesfois en cette rencontre, est que l'ennuy qu'ils auront receu d'un si long & si fâcheux entretien, sera recompensé auec usure par les douceurs dont ie me promets que ce Dialogue va charmer leur esprit, & que pour payer en quelque façon le riche présent que mes prieres ont tiré du cabinet de l'autheur, ils ne peuuent moins faire que d'excuser les mauuais termes auec lesquels j'ay pris la hardiesse d'en faire l'Eloge.*

ú

Au Traducteur

SONNET.

CE discours dont le ciel fauorise nostre âge,
Va paroître plus beau qu'il n'a iamais esté,
Les pointes & les traits y brillent dauantage,
Et l'eloquence y regne auecque maiesté.

De moy, toutes les fois que ie lis cet ouurage,
I'y voy tant de vigueur, de grace, & de beauté,
Que si l'autheur me plaist en son propre langage,
Il me rauit l'esprit en cette nouueauté.

Certes, ie croy qu'vn Dieu d'vne plume eternelle
Donne à ce vieux Romain cette forme nouuelle,
Et d'obscur qu'il estoit le rend clair à nos yeux.

O change auantureux pour le siecle ou nous sommes!
Les hommes autrefois interpretoient les Dieux,
Et les Dieux maintenant interpretent les hommes.

Au traducteur
EPIGRAMME.

A Voir la facilité
Dont coule ce doux langage,
Et la naïfue beauté
Qui fait aimer ton ouurage,
On croira qu'il eſt François,
Et qu'il n'eut jamais la voix,
Ny la naiſſance eſtrangere;
Et les peuples ébahis,
Comme ils doutent de ſon pere,
Douteront de ſon païs.

DES CAVSES
DE LA CORRVPTION
DE L'ELOQVENCE;

*Dialogue attribué par quelques vns
à Tacite, & par autres
à Quintilien.*

 OVs me demandez fou-
uent, Iuſte Fabius, d'où
vient que noſtre temps
ne produit plus de ces
grands hommes, qui dans
les ſiecles paſſez ont fait
paroître l'eloquence auec tant de gloire
& de majeſté ; & pourquoy laiſſans le
nom d'Orateur aux anciens, nous en deſ-
poüillons ceux qui font maintenant profeſſion de cét art, pour les appeller Pa-
trons, Playdeurs des cauſes, ou Aduocats. Et certes cette queſtion eſt de ſi

grande importance , que ie ferois difficulté d'entreprendre de la traicter , si j'a-
uois à la resoudre par mon opinion. Car
il me semble que c'est vn defaut en nos
esprits, ou en nos jugemens, si nous ne
pouuons égaler les anciens , où si nous
ne voulons pas trauailler pour attaindre
à leur perfection. Ie ne feray donc que
rapporter ce que j'ay apris des plus elo-
quents hommes de mon temps, que j'ay
oüis en ma jeunesse discourir sur cette
matiere. En quoy ayant plus besoing de
memoire que de force d'esprit , ie rap-
pelleray mon souuenir, pour representer
fidellement dans l'ordre de cette dispute
les belles choses que j'ay entenduës de la
bouche de ces grands personnages , lors
qu'auec de rares pensées , & des paroles
pleines de grauité , chacun d'eux disoit
son sentiment , & descouuroit les mouuemens de son esprit , employans des
raisons differentes , & toutes probables,
pour soustenir leurs opinions. Car ils n'é-

toient pas tous d'vn aduis, & l'eloquence de noftre temps ne manquoit pas de
protecteurs, qui fe moquans de l'antiquité, releuoient nos efprits au deffus de
ceux des anciens. Le lendemain donc
que Curiatius Maternus euft recité fa
tragedie de Caton, le bruit ayant couru
dans la ville qu'il auoit offenfé les grands,
par ce qu'oubliant fa propre feureté, &
fans confiderer la condition du temps
& la forme du gouuernement, il n'auoit
trauaillé qu'à reprefenter Caton auec toute fa feuerité, & à le faire parler hardiment felon fon humeur & fon inclination, M. Aper & Iulius Secundus vin-
drent le vifiter. Ces deux perfonnages
eftoient les lumieres de noftre barreau,
& c'eft pourquoy non feulement ie les
efcoutois auec plaifir, lors qu'ils play-
doient deuant les juges, mais auffi, par
vne finguliere affection que ie portois
aux bonnes lettres, & pouffé de l'ardeur
de la jeuneffe, ie les affiftois, tant en pu-

blic , qu'en leurs maifons , de forte que
j'auois cognoiffance de leurs entretiens,
de leurs difputes , & en fomme de tous
les difcours qu'ils faifoient en particulier.
Il eft vray que quelques mauuais efprits
difoient que Secundus ne pouuoit parler
fans meditation, & qu'Aper auoit acquis
le titre d'eloquent, pluftoft par la pointe
de fon efprit & la force de fon genie,
que par fon eftude & fa fuffifance. Toutesfois il faut confeffer que Secundus
auoit vn difcours pur & ferré, & que
fa parole couloit affez facilement ; &
pour le regard d'Aper , il eftoit pouruu
d'vne erudition mediocre, & fi fes actions
n'eftoient pas releuées des ornemens des
lettres humaines , ce defaut eftoit en
luy vn témoignage de mefpris , pluftoft
que d'ignorance ; d'autant qu'il eftimoit
que fon trauail luy feroit plus glorieux,
& que fon induftrie luy donneroit plus
de reputation , s'il fembloit n'eftre redeuable du progrez qu'il auoit faict en l'e-

loquence , au fecours d'aucune fçience
eftrangere, mais à la feule force de fon efprit. Or comme ie ne perdois point d'oc-
cafion de me treuuer auec eux, ie les ac-
compagnay en la maifon de Maternus,
que nous rencontrafmes affis dans fa
chambre , lifant le liure qu'il auoit recité
le jour precedent. Lors Secundus luy dit;
Comment, Maternus, ne craignez vous
point les difcours des méchans , & leur
malice ne vous empéche t'elle point
d'aymer les injures que voftre Caton vous
fait receuoir? Auez vous pris ce liure pour
l'examiner plus curieufement , & auez
vous intention d'y retrancher ce qui a
efté mal receu, pour faire voir Caton en vn
eftat, non pas meilleur, mais plus affeuré?
A quoy Maternus refpondit; Vous pouuez lire mon liure fi vous voulez, & reco-
noiftre ce que vous auez entendu. Que
fi Caton a laiffé quelque chofe à dire,
vous verrez au premier jour Thyeftes,
qui ne l'oubliera pas. Car j'ay defia con-

ceu & difpofé dans mon efprit cette tragedie , & ie me hafte de mettre au jour
ce liure , à fin de me deliurer du foing
qu'il me donne, pour trauailler ferieufe-
ment à ce nouueau fujet. Ne vous laf-
ferez vous jamais de ces tragedies , dit
alors Aper , & pouuez vous abandonner l'eftude de l'eloquence, pour donner
tout voftre temps à Medée & à Thyeftes,
tandis qu'vn fi grand nombre de vos amis,
& que tant de colonies & de villes municipales vous appellent au Palais pour
deffendre leurs caufes, lefquelles feroient
fuffifantes pour vous employer tout en-
tier , encores que vous n'euffiez pas de
nouueau entrepris de mettre en tragedie
Domitius & Caton, c'eft à dire de mefler
nos hiftoires & les noms des Romains
auec les fables des Grecs ? Cette cenfure
pleine de feuerité eftonneroit mon efprit,
refpondit Maternus , fi les difputes que
nous auons eu enfemble tant de fois fur
ce fujet ne m'y auoient accouftumé. Car

vous perfecutez continuellement les poëtes, & en m'accufant d'auoir quitté l'exercice de la plaidoyerie , vous m'obligés
de prendre tous les jours la deffenfe de la
poëfie. C'eft pourquoy ie fuis bien aife
que nous ayons treuué vn juge qui me
deffende de faire des vers à l'aduenir, où
pluftoft qui par fon authorité me face re-
foudre , comme ie defire il y a long-
temps , à laiffer l'exercice laborieux du
barreau , ou j'ay affez longuement trauaillé, pour fuiure cette partie plus faincte
& plus augufte de l'eloquence. De moy,
dit Secundus, auant qu'Aper me recufe, ie
veux m'acquiter du deuoir des bons &
modeftes juges , qui ont accouftumé de
fe deporter de la cognoiffance d'vne affaire, lors qu'ils font engagez d'affection
auec l'vne des parties. Tout le monde
fçait qu'il n'y a perfonne que j'honore
dauantage que Saleius Baffus , qui eft vn
fort homme de bien , & vn poëte tres-
accomply, & que nous viuons en vne par-

faite amitié, formée de longue main par
des offices mutuels de bien-veillance,
& par la nourriture que nous auons prise enſemble. De ſorte que ſi la poëſie eſt
accuſée deuant moy, il eſt à craindre que
mon iugement n'incline pluſtoſt à la faueur qu'à la juſtice ; parce que ſi c'eſt
vn crime d'eſtre excellent en cette profeſſion, ie ne voy point d'homme qui ſoit
plus coulpable que luy. A quoy Aper
reſpondit ; Saleius Baſſus , & tous ceux
qui n'ayans pas le don de playder des
cauſes cultiuent l'eſtude de la poëſie, &
releuent la gloire des vers, peuuent viure
en aſſeurance , car ma plainte ne touche
que la perſonne de Maternus ; & maintenant que j'ay treuué vn arbitre de nôtre different, ie ne veux pas ſouffrir que
d'autres que luy ſoient meſlez dans l'intereſt de ſa deffenſe. Ie le reprens ſeulement, de ce qu'ayant de la diſpoſition
à l'eloquence virile & oratoire, par le
moyen de laquelle il pourroit acquerir
des

des amis , & conferuer leur bien-veillance , obliger des nations, & proteger des
prouinces, il laiffe vne profeffion qu'aucune autre ne peut efgaler, & qui, fi l'on
s'arrefte au profit , eft la plus lucratiue;
fi l'on confidere la dignité , eft la plus
releuée ; fi l'on regarde la reputation de
cefte ville, eft la plus glorieufe; & fi l'on
a l'ambition de faire cognoiftre fon nom
à tous les peuples de la terre, eft la plus
illuftre qui fe puiffe imaginer. Car fi tous
nos deffeins & toutes nos actions doiuent auoir pour but ce qui eft vtile &
auantageux, qu'y a t'il de plus excellent,
que d'exercer vn art qui fournit des armes pour garder les amis , fecourir les
eftrangers, deliurer ceux qui font en pe-
ril , & imprimer la crainte & la terreur
dans le cœur de fes enuieux & de fes ennemis, demeurant en affeurance, & comme pouruen d'vn empire & d'vne puiffance perpetuelle ? Art admirable ! dont
la force & l'vtilité confifte à procurer

B

dans le fuccez heureux des affaires, la deffence & la conferuation d'autruy. Que fi
l'Orateur fe treuue en danger de fa perfonne, certes vn foldat n'eft pas mieux
couuert dans la meflée de fa cuiraffe &
de fon efpée, que le criminel, qui voit
fa vie ou fon honneur en hazard, l'eft
de fon eloquence, laquelle luy fert d'ar-
me deffenfiue & offenfiue, pour repouf-
fer & pour attaquer, foit qu'il ayt à parler deuant les juges, où dans le Senat,
ou à la perfonne du Prince mefme. Ces
jours paffez Eprius Marcellus oppofa-t'il
autre chofe à la haine que le Senat luy
portoit, que fon eloquence? auec laquelle fe mettant en eftat de fe deffendre, &
ayant les menaces en la bouche, il fe def-
fit de la fageffe d'Heluidius, qui n'ayant
pas conjoinct l'exercice auec la faculté
qu'il auoit de difcourir, n'eftoit pas af-
féz delié pour entreprendre vn combat
de cette qualité contre luy. Ie ne diray
rien dauantage de l'vtilité de l'eloquence,

parce que ie n'eftime pás qu'en ce point
Maternus me vueille contredire. Ie paffe à la volupté de l'art Oratoire, dont les
contentemens ne font pas de peu de durée, mais font reffentir leurs douceurs prefque tous les jours & toutes les heures de
noftre vie. Car qu'y a t'il de plus agreable à vn bon courage, & à vn efprit qui
a de l'inclination aux plaifirs honneftes,
que de voir que fa maifon eft vn abord
perpetuel des plus grands de l'Eftat; & de
recognoiftre que ce n'eft ny l'efperance
de fa fucceffion, ny le defir de participer
à fes richeffes, ny l'exercice d'aucune
charge publique, qui luy faict receuoir
fes vifites, mais la feule confideration de
fon merite ? Il aduient mefme affez fouuent qu'vn Orateur dans les premieres
années de fa jeuneffe, & dés le commen-
cement de fa fortune, eft recherché par des
vieillars, qui n'ont point d'enfans aufquels
ils puiffent laiffer leur biens, par des
hommes qui poffedent de grandes richef-

ſes, & par ceux qui ſont eſleuez aux plus
hautes dignitez, leſquels luy viennent re-
commander leurs affaires, ou celles de
leurs amis. Eſt-il poſſible qu'vn homme,
quelque puiſſant en biens & en authorité qu'il puiſſe eſtre, reçoiue vn contentement pareil a celuy d'vn Orateur, lors
qu'il conſidere que ceux qui ont vieilly
dans le maniement des affaires publiques,
& qui par leurs ſeruices ont acquis la
bien-veuillance des grands & des petits,
dans l'affluance de toutes choſes, conſeſ-
ſent qu'ils n'ont pas ce que les ſages eſti-
ment d'eſtre le meilleur, & le plus neceſſaire? Dauantage, quel honneur ne
faict-on point à vn homme eloquent?
Les honeſtes gens l'accompagnent, &
viennent en foule au deuant de luy, les
images de ſa gloire paroiſſent a ſes yeux
par tout où il ſe treuue, ſoit qu'il ſe mon-
ſtre en public, ou qu'il ſe preſente deuant
les juges. Mais de quel plaiſir penſez vous
qu'il ſoit touché, lors qu'il ſe leue pour

parler, & qu'il voit qu'à sa parole tout
le monde se taist, & iette la veuë sur luy, &
que le peuple qui l'enuirône se laisse em-
porter à ses mouuemens & à ses inclinations ? Or ce que i'ay representé iusques
icy, touchant les contentemens que reçoit vn Orateur, est cognu à tout le
monde, & n'est pas mesme caché aux
ignorans ; mais il y a d'autres delices en
l'exercice de cette profession, qui sont
plus secrettes, & qui ne peuuent estre
goustées que par l'Orateur mesme. Car
s'il se presente auec vn discours estudié,
comme il le prononce auec vn ton fer-
me & vne cadance bien reiglée, le poids
qu'il donne à ses paroles luy faict ressen-
tir vne ioye pleine d'asseurance ; & au
contraire s'il ouure la bouche auec vn peu
de crainte, pour faire vne action qu'il
a soudainement conceuë, l'emotion que
cette entreprise cause dans son esprit, en
rend le succez plus glorieux, & chatoüil-
le plus doucement sa conplaisance. Mais

de tous les contentemens , il n'y en a
point de pareil à celuy qui vient de la
hardieſſe, & de la temerité de parler ſans
preparation. Car comme les fruicts que
la terre nous donne de ſa pure liberalité,
ſont plus agreables que ceux que l'on tire d'elle apres vne longue & penible cul-
ture ; ainſi les plus aymables productions
de l'eſprit , ſont celles qui reüſſiſſent
ſans le ſecours de l'eſtude & de la meditation. Et certes , s'il m'eſt permis de
parler de moy en cette occaſion , ie confeſſe que ie n'eus pas plus de joye le jour
que ie fus eſleué à la dignité de Sena-
teur , ny celuy auquel ie ſuis paruenu à
la Queſture , au Tribunat , ou à la Pre-
ture , ayant obtenu de nouueau le droict
de bourgeoiſie en cette ville , & eſtant
ſorty d'vn lieu de peu de recommanda-
tion , que ie reçois de contentement
quand i'ay le bon-heur de me ſeruir vti-
lement du peu d'eloquence qui eſt en
moy , ou pour defendre vn accuſé , ou

pour playder quelque cause deuant les
juges , ou pour parler en la presence des
Empereurs, en faueur de leurs affranchis
& de leurs Procureurs. C'est alors qu'il
me semble que ie suis releué par dessus
les Tribuns, les Preteurs, & les Consuls,
& que ie possede ce qui ne se treuue
point dans les caresses des grands, ce qui
n'est pas en la disposition des Princes, &
ce que la faueur ne peut donner à personne. Mais y a t'il vn art , dont la reputation & la loüange puisse entrer en comparaison auec la gloire des Orateurs, lesquels ne sont pas seulement estimez par
les hommes qui sont dans les affaires, mais
aussi par les jeunes gens, qui ont de l'inclination à la vertu, & qui font conce-
voir de bonnes esperances de leurs mœurs?
Ne sont ce pas eux dont les peres impri-
ment premierement les noms dans la memoire de leurs enfans, & que le vulgaire ignorant & la populace nomme &
monstre au doigt quand ils passent de-

dans la ville. Les eſtrangers, ſitoſt qu'ils
ſont arriuez à Rome, cherchent les oc-
caſions de voir & de cognoiſtre les Orateurs dont la renommée a volé iuſques
dans leur païs. I'oſerois bien aſſeurer que
Marcellus Eprius, de qui ie viens de parler, & Criſpus Vibius (car ie me ſers
plus volontiers des exemples de ce temps
cy, que de ceux des ſiecles paſſez, dont
on a perdu la memoire) ne ſont pas
moins cognus au bout du monde, qu'à
Capouë, ou à Verceil, ou l'on dit qu'ils
ont pris naiſſance. Dequoy ils ne ſont
pas redeuables aux ſept milions que chacun d'eux poſſede, mais à leur eloquence ; encores qu'il ſemble que par ſon
moyen ils ont acquis ces grandes richeſſes. Que ſi ie n'allegue pas des exéples des
anciens, ce n'eſt pas que les ſiecles paſſez
n'en ayent aſſez produict, pour monſtrer
à quelle grandeur les hommes peuuent
paruenir par les forces de leur eſprit. Mais,
comme i'ay dict cy deuant, l'exemple de
ces

ces deux Orateurs nous touche de plus
prés ; par ce que leur gloire paroît à nos
yeux , & que ce n'eſt pas par le rapport
d'autruy que nous en auons la cognoiſſance. En effect , la baſſeſſe de leur ex-
traction , la pauureté & l'indigence de
toutes choſes, que la fortune attache dés
leur naiſſance à leur condition , donnent
de tres-illuſtres teſmoignages de la dignité de l'eloquence Oratoire. Car encores que leurs perſonnes ne fuſſent recom-
mandables ny pour la nobleſſe ny pour
les biens , que leurs ames n'ayent eſté
pourueuës d'aucunes qualitez excellentes,
& meſmes que l'vn d'eux ayt fort mauuaiſe mine; neantmoints il y a deſia long
temps qu'ils ſont des plus puiſſans de
cette ville , & comme ils ont eſté les premiers dans le barreau , tant qu'ils ont
voulu s'y arreſter , maintenant ils tiennent les premieres places auprés de l'Empereur , & ſont ſi bien en ſes bonnes graces, qu'ils obtiennent de luy tout ce qu'ils

C

defirent, & qu'il les honore d'vne amitié
qui eft meflée de quelque forte de refpect
& de reuerence. Car Vefpafien, ce vieillard venerable, qui eft le Prince du monde qui fouffre plus patiemment qu'on
luy die la verité, aduoüera que les autres
hommes qui approchent de fa perfonne
n'eftans riches que de fes biens faits, n'ont
rien de confiderable que les honneurs &
les richeffes qu'ils tiennent de luy , &
qu'il peut facilement affembler, & donner en abondance à ceux aufquels il veut
communiquer les effects de fa bien-veüil-
lance ; & qu'au contraire Marcellus &
Crifpus ont apporté à fon amitié ce qu'ils
n'ont acquis , & qui ne fe peut obtenir
par la liberalité d'aucun Prince. Au milieu de tant d'auantages, les infcriptions,
les images, & les ftatuës font la moindre
partie de la gloire des Orateurs ; & toutesfois ils ne les negligent pas, non plus
que les richeffes , que les hommes blafment plus facilement qu'ils ne les mefpri-

fent. Qui n'eſtimeroit donc la profeſ-
fion de la plaidoyerie, & de l'eloquence
Oratoire, puis qu'elle apporte tant de
biens, d'honneurs, & d'ornemens, à ceux
qui s'y ſont adonnez dés leur jeuneſſe?
Pour le regard de la poëſie, ou Maternus veut employer toutes les heures de
ſa vie (car c'eſt par là que ce diſcours a
commencé) elle n'apporte ny honneur
ny profit à ceux qui s'y amuſent, & elle
ne leur donne qu'vne volupté qui paſſe
en vn moment, & vne loüange vaine &
inutile. Ie ne doute point, Maternus,
que vous ne fermiez les oreilles au diſcours que ie vais vous faire ; neantmoins ie ne le puis obmettre. Si vous
faictes parler diſertement Agamemnon
où Iaſon, quel profit le public en reçoit
il ? & y a t'il quelqu'vn qui retournant en
ſa maiſon recognoiſſe qu'il doit ſes biens,
ou ſon ſalut à voſtre protection? Qui eſt
ce qui conduict, qui ſaluë, & qui recherche Saleius Baſſus, poëte tres-accomply? Si

lon à befoing de la deffence d'autruy pour
fon amy , pour fon parent , ou pour foy
mefme , on a recours à Secundus , ou à
vous, Maternus. Mais quand on s'adreffe à
vous, ce n'eft pas à caufe que vous eftes poëte, ny pour vous prier de faire des vers. Il
eft vray que Saleius Baffus fait de la poëfie
fort belle & fort agreable ; mais c'eft vn
ouurage de cabinet, dont le fuccez eft tel,
qu'aprés auoir trauaillé tous les jours, &
la plus grande partie des nuicts pendant
vne année entiere , pour compofer &
mettre au jour vn liure , il eft obligé de
prier & de briguer pour treuuer des auditeurs.   Et encores n'en eft il pas quite
pour cela; car il faut qu'il emprunte vne
falle, qu'il faffe dreffer vn theatre , qu'il
louë des fieges , & qu'il prefente à la compagnie le fujet de la piece qu'il veut reciter. Et fuppofé que fon trauail foit fuiui
d'vn heureux euenement, toute la loüange qui luy en reuient ne dure pas plus
d'vn jour ou deux ; & comme vne her-

be, ou vne fleur cueillie hors de faifon,
elle ne produict aucun fruict certain &
folide. Apres tout, quoy qu'vn poëte
ait recité vne piece exellente, la gloire
qu'il en tire ne luy acquiert pas l'amitié
de ceux qui l'ont efcouté ; & comme ils
n'ont receu de luy ny feruice ny bien-
faict, il ne demeure dans leurs cœurs
aucun fentiment d'obligation enuers luy.
De forte qu'il n'a pour recompenfe de
fa peine qu'vn bruict vague & incertain,
de vaines acclamations, & vne joye qui
paffe en vn inftant. Nous auons loué n'a-
gueres la liberalité de Vefpafien, comme
rare & merueilleufe ; pour ce qu'il auoit
faict vn prefent à Saleius Baffus de la va-
leur d'vnze mille efcus. Et à la verité c'eft
vne chofe excellente que de meriter par
fon induftrie les biens faicts du Prince;
mais combien eft il plus honorable de ne
faire la cour qu'à foy-mefme, de n'implorer que fon genie, & de n'eftre redeuable qu'à fon efprit de l'auancement de fa

C iij

fortune ? Dauantage , la condition des
poëtes a cela d'incommode, que s'ils veulent trauailler à quelque grand ouurage,
ils font obligez de s'éloigner de leurs
amis , fe priuer de leur conuerfation , laiffer les plaifirs & les douceurs de la ville,
abandonner tous les deuoirs de cette vie,
& comme ils parlent eux mefmes, fe retirer dans les bois & les deferts , pour y
treuuer la folitude. Et encores l'eftime &
la reputation , dont ils fe font vne ido-
le , & qu'ils recherchent comme le feul
prix de leur trauail , ne leur eft pas fi
facile à acquerir qu'aux Orateurs , d'autant que l'on ne cognoift point les poëtes mediocres, & que les bons font cognus
de peu de perfonnes. D'ailleurs , eft-il
jamais arriué que le bruit des recitations
des plus excellentes poëfies fe foit eften-
du par toute la ville ? tant s'en faut qu'il
ayt efté porté jufques dans les prouinces
éloignées. Auffi ne voyons nous icy perfonne venant d'Efpagne, ou d'Afie, pour

ne point parler de nos Gaules, qui cher-
che Saleius Baſſus; ou ſi quelque eſtran-
ger le demande, apres qu'il l'a veu vne
fois, il paſſe, & eſt ſatisfaict, comme
s'il auoit regardé vn tableau, ou vne ſta-
tuë. Ie ne veux pas toutesfois que l'on
penſe que i'aye intention de deſtourner de la poëſie ceux à qui la nature a
deſnié les qualitez qui ſont neceſſaires à
l'Orateur, pourueu que cette eſtude leur
puiſſe acquerir vn repos agreable, & vn
peu de reputation. Car ie faicts eſtat de
toutes les parties de l'eloquence, comme
de choſes ſacrées & venerables, & ſoubs
quelque forme qu'elle paroiſſe, ſoit qu'elle ſe preſente ſoubs la figure de la Tragedie, ou ſoubs la pompe du poëme he-
roïque, ſoit qu'elle exprime les gayetez
de la poëſie lyrique, les libertez de l'ele-
gie, les attaintes piquantes des iambes,
ou les rencontres des epigrammes, i'eſtime qu'elle doit eſtre preferée à la recherche des autres ſçiences. Mais ie me plains

de vous , Maternus , d'autant que vous
negligez les graces que la nature vous à
données , & qu'ayant de la difpofition à
cette fublime eloquence , qui gouuerne
fouuerainement toutes chofes , à deffain
vous quitez la route par laquelle on y
peut paruenir , & mefmes qu'aprés auoir
attaint à la plus haute partie de cette diuine faculté , vous l'abandonnez pour
vous attacher à ce qui eſt de moins eſti-
mable en elle, comme fi vous eſtiez nay
dedans la Grece, ou l'on peut fans honte & fans deshonneur monter fur le theatre.   Certes fi les Dieux vous auoient
donné les forces de Nicoftratus , ie ne
fouffrirois pas que ces bras nerueux , &
propres au combat , fuffent vainement
employez à pouffer vn traict leger , ou
a ietter vn palet ; ainfi ie crois maintenant eſtre obligé de vous deſtourner de
la recitation de vos Tragedies, pour vous
rappeller au barreau, & à l'exercice de la
plaidoyerie, où fe rendent de vrays com-
                                             bats,

bats, & où l'esprit de l'homme a besoing
de toutes ses forces. Dequoy ie ne vois
pas que vous puissez vous deffendre par
la consideration sur laquelle plusieurs se
fondent, à sçauoir que l'estude des poëtes n'est pas si sujet à faire des ennemis,
que la profession des Orateurs. Car comme vous auez vn Genie excellent, & dont
la force est admirable, vous vous es-
chauffez dans les rencontres de vostre sujet, & ce n'est pas pour la deffense d'vn
amy, mais, qui pis est, c'est en faueur de
Caton que vous offensez les grands. Et
vostre action ne peut estre excusée par la
necessité de vostre charge, ou pour la fidelité qu'vn aduocat doit à ses cliens, ou
par la chaleur d'vn discours non preme-
dité; au contraire il semble qu'à dessein
vous ayez choisi vn personnage notable,
pour le faire parler auec plus d'authorité. Ie sçay bien que vous me pouuez res-
pondre, qu'aussi tost qu'vn poëte a recité vne bonne piece, il a pour sa recom-

D

penfe l'approbation de fes auditeurs , que
les difcours de toute l'affemblée ne re-
fonnent que fes loüanges , & qu'incontinent tout le monde en parle. Mais vous
ne pouuez pas vous excufer de reuenir
au barreau , foubs pretexte du repos &
de la tranquilité de la condition des poëtes , puis que voftre tragedie de Caton
vous a procuré de fi puiffans ennemis. Et
quant à nous , ie ne nie pas qu'en def-
fendant nos caufes nous ne foyons ex-
pofez à la haine des grands ; mais nous
auons ceft aduantage , que fi nous fommes quelquefois obligez d'offenfer leurs
oreilles pour le falut de nos amis , les
gens de bien loüent noftre fidelité , &
toutesfois excufent noftre liberté. Aper
ayant ainfi parlé auec vn peu d'émo-
tion & de paffion , felon fa couftume;
Maternus , faifant le froid , refpondit en
foufriant ; Ie m'eftois preparé de charger
les Orateurs d'autant d'accufations que
Aper leur a donné de loüanges , car ie

croiois qu'apres auoir éleué leur merite à vn
si haut point, il voudroit se mettre à blafmer les poëtes, & à mespriser l'estude de la
poësie. Mais il a vsé d'vn temperament ar-
tificieux, en permettant de faire des vers à
ceux qui ne sont pas propres à la plaidoyerie. De moy, encores que peut-estre i'aye
assez d'eloquence pour faire quelque chose
dedans le barreau, neantmoins ie l'ay quité,
pour m'employer à la Tragedie. En quoy
i'ay commencé à me donner de la reputation, lors que dans celle de Neron i'ay ruiné
la puissance tyrannique que ce Prince auoit
vsurpé sur les esprits, & par le moyen de laquelle il profanoit les mysteres sacrez de la
poësie. De sorte que si le monde a quelque
cognoissance de mon nom, ie suis plus redeuable de cette gloire à mes vers, qu'à mes
actions oratoires. Ie veux donc me retirer
entierement du Palais, & ie ne me soucie des
honneurs, des reuerences, & des caresses que
l'on fait aux Orateurs, non plus que des images & des statuës, qui mesmes en despit de

moy se sont introduites dans ma maison.
Car iusques à present i'ay mieux maintenu
la condition & la seureté de mes conci-
toyens, & des estrangers qui ont imploré
mon secours, par la reputation de mon
integrité, que ie n'eusse peu faire auec
tous les plus beaux traicts de l'eloquence; & ie ne crains pas de n'auoir iamais
d'autres sujets de parler dans le Senat, que
pour la protection d'autruy. Quant à la
solitude des bois & des deserts, qu'Aper a
reprochée aux Poëtes comme incommode & importune, elle me donne tant de
plaisir, que j'estime qu'vn des grands ad-
uantages qui suit l'estude de la poësie, est
que pendant qu'vn poëte trauaille, il n'y a
point de cliens à sa porte qui l'attendent,
qu'il ne compose point ses ouurages dedans le bruit, ny au milieu des miseres & des
larmes des accusez, & que son esprit se retire
en des lieux purs & innocens, où il treuue
vn sejour sainct & sacré, & vne demeure vrayement diuine. Cette forme de vie a

esté tenuë par les premiers hommes qui
ont faict profession de l'eloquence, &
c'est en ces lieux qu'ils se sont enfermez,
pour se rendre capables de ses mysteres.
En cet habit & auec ces ornemens les
Dieux ayant donné en garde aux hommes cette belle faculté, elle a versé ses
influances dans leurs ames, auant qu'elles eussent perdu leur pureté, & qu'elles
fussent deuenuës esclaues du vice. En som-
me, c'est ainsi que les oracles parloient.
Car cette eloquence lucratiue & con-
tentieuse est en vsage seulement depuis
peu de siecles, elle a pris naissance auec la
corruption des mœurs, &, comme vous
disiés n'agueres, Aper, les hommes l'ont
inuentée pour s'en seruir en forme d'armes offensiues. Mais cette saison pleine
de felicité, &, pour parler à nostre mode, ce siecle d'or, qui ne cognoissoit ny
les Orateurs ny les crimes, produisoit
vn grand nombre de poëtes, qui s'em-
ployoient à celebrer les vertus des hom-

mes , & non pas à deffendre leurs mau-
uaifes actions. Au furplus, il n'y a point
de gloire qui puiffe furpaffer celle des
poëtes. Car l'antiquité croyoit que les
Dieux reueloient leurs oracles par leurs
bouches, & qu'ils les receuoient à leurs
feftins ; & l'on ne met au nombre de
ces premiers Roys , qui eftoient les enfans des Dieux , aucun Orateur, mais Or-
phée & Linus, & fi l'on veut monter plus
haut, Appollon mefme. Ou fi ces exemples vous femblent trop fabuleux , & fi
vous croyez qu'ils foient inuentés à plaifir , au moins m'accorderés vous , Aper,
que la pofterité a faict autant d'honneur
à Homere qu'à Demofthene , & que la
reputation d'Euripide, & de Sophocle eft
bien auffi grande que celle de Lifias où
d'Hyperides. Vous trouuerés aujourd'huy
plus de perfonnes qui blafment la memoire de Ciceron , & qui tafchent d'é-
teindre fa gloire, qu'il ny en a qui parlent mal de Virgile ; & nous n'auons

point de liures d'Afinius ou de Meffalla,
dont le nom foit illuftre comme eft la
Medée d'Ouide ou le Thyeftes de Va-
rius. Dauantage, ie ne craindray point de
comparer la condition des poëtes, & leur
retraicte heureufe & efloignée du bruict,
auec la vie des Orateurs, plaine de trouble & d'inquietude. Il eft vray que les
Orateurs font paruenus au Confulat par
le moyen de leurs combats, & des perils
aufquels ils ont expofé leur fortune; mais
ie prefere à tous ces honneurs la vie cal-
me & retirée de Virgile. Et neantmoins
nous fçauons que ce poëte n'a pas manqué de faueur auprés d'Auguste, & qu'il
a efté tres-bien cognû du peuple Romain.
Dequoy rendent témoignage non feulement les epiftres de ce Prince, mais auffi
ce peuple mefme, qui aprés auoir oüy reciter fur le theatre les vers de Virgile, qui
peut eftre eftoit prefent & fpectateur, fe
leua de toutes parts, & luy rendit prefque
autant d'honneur qu'à Auguste. Quant à

noſtre temps, Pomponius Secundus n'eſt
point inferieur à Domitius Aper, ſoit que
l'on regarde le luſtre & la dignité de cette vie, ou l'immortalité de la renommée.
Pour le regard de Criſpus & Marcellus,
dont vous me propoſez les exemples,
ont-ils quelque choſe dont la poſſeſſion
ſoit deſirable ? Que pouuons nous ſou-
haitter en leur condition ? Eſt ce la crainte qui trauaille leurs eſprits, ou la peur
que l'on a de la force de leur eloquence ?
Eſt ce par ce qu'eſtans tous les jours im-
portunés de quelques prieres, ils attirent
ſur eux la mal-veüillance de ceux auſquels
ils dénient leur protection ; ou d'autant
que leurs langues addonnées à la flaterie,
ne ſont iamais aſſez ſeruiles ſelon l'humeur de ceux qui commandent, & n'ont
iamais à noſtre gré aſſez de hardieſſe &
de liberté ? Eſt ce là enquoy conſiſte cette haute & ſouueraine authorité des Orateurs ? Les affranchis de l'Empereur exercent ordinairement vne pareille puiſſance.
                                        Mais

Mais ie n'enuie point cette fortune, &
j'ayme mieux que les Mufes pleines de
douceur, comme dit Virgile, me menent
dedans leurs temples, & fur les bords
de leurs fontaines, afin de viure efloigné
du foing des affaires du monde, & d'eftre
exempt de faire tous les jours quelque
chofe contre ma confçience. Ie ne fuis
plus en eftat de fouffrir les emotions qui
accompagnent le perilleux & infenfé trauail de la plaidoyerie, & la tremblante reputation qui s'acquiert au barreau. Ie fuis
bien aife de n'eftre plus efueillé par le bruit
des courtifans, & ie ne puis endurer de-
formais que mon affranchi fe vienne pre-
fenter à moy hors d'haleine pour trou-
bler mon repos. Apres tout, ie ne veux
pas eftre obligé dans l'incertitude de l'aduenir de faire mon teftament, pour gage
de ma feureté, & ie ne fouhaite qu'autant
de biens qu'il en faut pour auoir la liberté d'en gratifier qui bon me femblera,
lors que ma vie fera proche de fa fin. Car

E

ie ne veux point entrer trifte & déplai-
fant dans le tombeau, mais gay, & cou-
ronné de fleurs ; & ie feray content, pourueu qu'aprés moy perfonne ne confulte
les oracles , & ne prie le Prince pour
conferuer l'honneur à ma memoire. Maternus auoit à peine acheué ces paroles , que comme il eftoit encores tout
tranfporté de la chaleur de fon action,
Vipfanius Meffalla entra dans fa chambre ; lequel foupçonna , à caufe du filence & de l'attention d'vn chacun, que
la compagnie eftoit fur quelque difcours
important. Il dit donc en la faluant ; Ie
crains que mon arriuée ne trouble vos
occupations , & qu'elle ne vous empef-
che de confulter & de mediter fur quelque grande caufe. Vous eftes venu fort
à propos , refpondit Secundus, mais ie
voudrois que vous fuffiez arriué pluftoft;
car vous euffiés entendu auec plaifir vn
difcours excellent qu'Aper a faict pour
exhorter Maternus de fe donner tout en-

tier à la plaidoyerie , & vne oraiſon de
Maternus en faueur de la poëſie, qui eſtoit
animée d'vne gayeté & d'vne hardieſſe
conuenable à la deffenſe des poëtes , &
dont le ſtile tenoit plus de leur genie, que
de celuy des Orateurs. Certes, dit Meſſalla , j'euſſe eſté bien aiſe d'entendre ces
beaux diſcours , & ie ſuis extremément
ſatisfait de voir que ceux qui ſont les lumieres de noſtre temps en la pureté des
mœurs, & en la profeſſion de l'eloquence, donnent du relaſche à leur trauail par
vn ſi honeſte diuertiſſement, & qu'aprés
que vous vous eſtes exercés aux affaires
du Palais, & à la declamation, vous employez voſtre loiſir a ces diſputes , qui
nourriſſent l'eſprit de doctrine, & qui font
conceuoir vn plaiſir extréme de la cognoiſſance des bonnes lettres , non ſeulement à vous qui gouſtés le fruict de cét
exercice , mais auſſi à tous ceux qui en
entendent parler. Auſſi vous puis-je aſſeurer que l'on approuue eſgallement en

E ij

vous, Secundus, la peine que vous auez
prife de donner au public la vie de Iulius
Afiaticus , ce qui fait efperer de voir à
l'aduenir plufieurs autres liures femblables de voftre façon ; & en la perfonne
d'Aper l'affection qu'il tefmoigne aux
controuerfes fcholaftiques , dont il ne s'eft
pas encores retiré , aymant mieux employer fon loifir à la mode des nouueaux
maiftres de Rethorique , que felon la
couftume des anciens Orateurs. Lors
Aper prenant la parole , refpondit ; Vous
ne cefferez iamais , Meffalla , d'admirer
l'eftude des anciens , & d'outrager de
mocquerie & de mépris celle de noftre
temps. Car ie vous ay fouuent entendu difcourir fur ce méme fujet , lors
qu'oubliant voftre eloquence & celle de
voftre frere, vous foufteniés qu'il ny auoit
aucuns Orateurs en ce fiecle. Ce que
vous faifiez d'autant plus librement, que
vous ne craigniez pas d'acquerir le tiltre
de juge paffionné, puifque par ce moyen

vous vous rauiffiez la gloire que les autres recognoiffent vous eftre deuë. Ie ne
me repens point d'auoir faiĉt ce jugement , repartit Meffalla , & ie ne crois
pas que Secundus & Maternus foient
d'vn autre aduis , ny vous mémes, Aper,
encores que quelque fois vous parliez
au contraire. Mais ie voudrois bien
que l'vn de vous fe donnaft la peine
de rechercher & rapporter les caufes d'v-
ne fi notable difference , lefquelles ie
tafche quelquefois de découurir de moy
méme. Enquoy ie puis dire que les raifons qui contentent quelques efprits ,
augmentent mes difficultez ; par ce que
ie vois qu'entre les Grecs Sacerdos Ni-
cetes , & les autres Rheteurs qui im-
portunent Ephefe & Mitylene du bruit
de leurs declamations , & qui repaiffent
leur vanité des acclamations de leurs ef-
choliers , font plus éloignez de la perfe-
ĉtion d'Æfchines & de Demofthene, que
l'eloquence d'Afer , ou d'Africanus , où

E iij

la voſtre n'eſt differente de celle de Ciceron où d'Aſinius. Vrayement, dit Secundus, vous auez ouuert vne queſtion
qui eſt d'vne haute ſpeculation, & qui
merite bien d'eſtre traictée. Mais qui en
pourroit mieux parler que vous, qui auez
conjoinct vne doctrine admirable & vn
excellent eſprit auec vne forte meditation ? Lors Meſſalla répondit ; Ie vous
découuriray mes penſées, pourueu que
vous me promettiés auparauant de me ſe-
conder, & de m'ayder à diſcourir ſur vn
ſi beau ſujet? Ie vous donne ma parole
pour deux, repartit Maternus, & ie vous
aſſeure que Secundus & moy nous tou-
cherons les points, non pas que vous aurez obmis, mais que vous nous aurez
laiſſez. Quant à Aper, vous auez cy deuant remarqué qu'il a accouſtumé d'eſtre
de contraire aduis, & il paroît aſſez à le
voir qu'il ſe prepare pour nous contredire, & qu'il a de la peine à ſouffrir l'accord qui eſt entre nous pour la gloire des

anciens. Non, ie n'endureray pas, dit
Aper, que noſtre ſiecle demeure ſans deffenſe, & que par voſtre conſpiration il
ſoit condamné ſans eſtre oüy. Mais ie
vous demanderay premierement, qui
ſont ceux que vous appellez anciens, &
quel âge des Orateurs vous voulez com-
prendre ſoubs ce mot ? Car quand i'entends parler des anciens, il me ſemble que
ie me dois repreſenter ceux qui ont vécu
aux ſiecles paſſez, & ma memoire me met
auſſi-toſt deuant les yeux Vliſſes & Ne-
ſtor, qui nous ont precedé de prés de
douze cens ans ; & quant à vous, vous
voulez faire paſſer pour anciens Demoſthene & Hyperides, que tout le monde ſçait auoir parû du temps de Philippe
& d'Alexandre, & auoir ſuruécu ces deux
Princes. De ſorte qu'il n'y a gueres plus
de quatre cens ans entre noſtre ſiecle &
celuy de Demoſthene ; qui eſt vn eſpace
de temps bien long, ſi l'on conſidere l'infirmité de noſtre vie, comme au contrai-

re il femblera bien court , fi l'on en fait
comparaifon auec l'étenduë infinie d'vne
longue fuite de fiecles. Que fi , comme
Ciceron écrit dans fon Hortenfius , la
vraye année eft celle que lon nomme la
grande année, en laquelle tous les corps
celeftes doiuent retourner au méme point,
à la méme affiette , & au méme afpect
d'où ils partirent premierement (ce qui
comprend, à fon aduis , douze mille huit
cens cinquante quatre années communes)
à ce compte voftre Demofthene , que
vous voulez mettre au nombre des anciens , fe treuuera auoir vécu non feulement en méme année , mais auffi en méme mois que nous. Quant aux Orateurs
Latins , vous n'auez pas accouftumé, ce
me femble, de faire tant d'état de Menenius Agrippa , qui peut eftre pris pour vn
ancien Orateur , que vous le preferiez a
ceux qui font profeffion de l'eloquence
en noftre temps , & vous referuez cet honneur à Ciceron , Cæfar, Cœlius, Caluus,
Brutus,

Brutus, Afinius, & Meffalla. Mais ie ne
vois pas pourquoy vous attribuez la gloire de ces grands hommes pluftoft au temps
paffé qu'à noftre fiecle. Car, pour parler
de Ciceron, il fut tué, comme Tiron fon
affranchy a écrit, pendant le Confulat de
Hirtius & Panfa, le feptiéme du mois de
Decembre, qui eft l'année en laquelle Cefar Augufte fe fit Conful auec Quintus
Pedius en la place de Hirtius & Panfa.
Or en conjoignant les cinquante fix années, pendant lefquelles Augufte a gou-
uerné la Republique, auec les vingt trois
années de l'Empire de Tibere, les quatre
années de Caligula, les vingt huit années
de Claude & de Neron, l'année de Galba,
Othon, & Vitellius, & les fix années qui
ont coulé depuis que la puiffance fouueraine, par vn bon-heur fatal, eft tombée
entre les mains de noftre Prince Vefpa-
fian, il fe treuue qu'il n'y a que fix vingts
ans que Ciceron eft mort ; qui n'eft que
l'âge d'vn homme. Et de fait, j'ay veu

F

en Angleterre vn vieillard, qui difoit auoir
efté prefent à la bataille qui fut donnée
contre Iules Cęfar pour le chaffer des
coftes de cette Ifle, lors qu'il entreprit d'y
entrer, afin de l'adjoufter à fes conque-
ftes. Que fi cet homme qui a porté les
armes contre Iules Cęfar auoit efté amené
en cette ville comme prifonnier de guerre, ou y auoit efté attiré de fa propre volonté, ou par quelque autre accident, il
pourroit auoir oüy haranguer Cęfar &
Ciceron, & affifter encores à nos actions.
Mémes en la derniere largeffe que l'Empereur a faite au peuple, vous auez
veu plufieurs vieillards qui difoient qu'ils
auoient receu vne fois où deux la méme
diftribution foubs Cęfar Augufte. Dont
il refulte, qu'ils ont pû pareillement entendre Corninus & Afinius; car le premier a vécu jufques à la moitié de l'Empire de ce Prince, & le fecond prefque
jufques à la fin. Cela eftant, vous deuez
confeffer que ces grands Orateurs dont

j'ay cy deuant parlé, ne doiuent pas eftre
mis au nombre des anciens. Car vous ne
pouuez pas diuiſer vn ſiecle, & donner
ce nom à ceux que les mémes hommes
qui viuent aujourd'huy ont pû écouter
en leur temps, & dont la voix s'eſt, s'il faut
ainſi dire, pû conjoindre & accoupler
dans leurs oreilles. Or ie me ſers de ce
que j'ay dit juſques icy, pour monſtrer
que la reputation & la gloire que ces
Orateurs ont acquiſe à leur ſiecle, tient vn
milieu entre les anciens & nous, & qu'elle nous touche encores de plus prés que
Sergius Galba, Caïus Carbo, & les autres
que nous pourrions à bon droit appeller
anciens. Car ceux cy ont vne eloquence
barbare, rude, & informe, dépourueuë
d'ornement & de politeſſe; tellement qu'il
ſeroit à deſirer que voſtre Caluus, ou
Cœlius, où Ciceron méme, ne les euſſent
point imitez. Et ne vous eſtonnez pas de
ce diſcours, car j'ay reſolu de deffendre
noſtre ſiecle auec plus de force & de har-

F ij

dieſſe que ie n'ay pas encores fait, apres
que ie vous auray repreſenté que la diuerſité des temps apporte du changement à
la forme & au genie de l'eloquence. Ainſi
donc que Caïus Graccus, s'il eſt comparé auec Caton le vieil, paroit plus remply
que luy, & le ſurpaſſe en fecondité ; de
même Craſſus eſt plus poli & plus orné que
Gracchus, Ciceron a plus d'ordre, & diui-
ſe mieux ſon diſcours, eſt plus agreable
& plus éleué que les deux premiers, &
Coruinus eſt plus paiſible & plus doux,
& a la diction plus pûre & mieux éla-
bourée que Ciceron. Ce que ie remarque,
non pas pour rechercher qui eſt le plus
eloquent, mais pour faire voir que l'e-
loquence ne doit pas toûjours paroiſtre
ſoubs vn même viſage ; & que ceux
que vous nommez anciens Orateurs,
ſe treuuent diuiſez en diuerſes eſpeces.
Auſſi les choſes n'empirent pas touſ-
jours par le changement ; & ce qui fait
que les nouueautez ne ſont pas ſi bien

receuës, c'eſt que les hommes, par le defaut & la malice de leur inclination, ont
toûjours la bouche ouuerte pour loüer
l'antiquité, & n'ont jamais que du de-
gouſt & du mépris pour les choſes pre-
ſentes. Il ne faut point doubter qu'il ne
ſe ſoit trouué des perſonnes qui admiroient dauantage Appius Cęcus que Caton, & chacun ſçait que Ciceron méme
n'a pas éuité les traits de la médiſance, &
que lon a dit de luy qu'il eſtoit trop en-
flé & trop empoullé, que ſa diction n'e-
ſtoit pas aſſez preſſée, qu'il s'éleuoit &
s'emportoit ſans obſeruer ny regle ny meſure, & qu'il s'éloignoit trop des anciens.
Vous auez pû lire les lettres de Caluus &
de Brutus à Ciceron, par où il eſt aiſé de
recognoiſtre que Ciceron eſtimoit que
le ſtile de Caluus eſtoit trop ſimple, &
n'auoit pas aſſez de vigueur; que Brutus
affectoit vne rudeſſe fâcheuſe & importune, & faiſoit des diſcours détachés & ſans
liaiſon; qu'au contraire Ciceron a eſté ac-

cufé par Caluus d'eftre lafche, & de n'a-
uoir point de force, & par Brutus, pour
me feruir de fes termes propres, d'eftre
rompu & enerué. Si vous me demandez
ce qui m'en femble, ie vous diray que ie
crois qu'ils ont tous dit la verité. Mais ie
parleray cy aprés de tous ces perfonnages en particulier; maintenant ie les veux
feulement confiderer en general. Les admirateurs des anciens donnent de certaines bornes a l'antiquité, lefquelles ils font
aller jufques à Caffius Seuerus, qu'ils fou-
ftiennent s'eftre le premier détourné de
l'ancien, & du droit chemin de l'eloquence; mais ie dis que c'eft pluftoft par cognoiffance & par jugement qu'il a donné vne nouuelle forme à fes difcours, que
par foibleffe d'efprit, ou par ignorance
des bonnes lettres. Car il fçauoit, comme
ie difois n'agueres, que la forme & l'efpece de l'oraifon fe doit changer felon la
condition des temps, & l'humeur des auditeurs. Anciennement le peuple, comme

rude & ignorant qu'il eſtoit, ſouffroit que les Orateurs conſommaſſent beaucoup de temps à reciter leurs harangues groſſieres, & depourueuës d'art & d'ornemens ; & en ce temps là c'étoit vne action digne de loüange de parler juſquesà la nuit. Alors lon faiſoit eſtat des longs exordes, & de la ſuitte d'vne naration priſe de loing ; l'on faiſoit parade d'vn grand nombre de diuiſions, & d'vne chaiſne infinie d'argumens ; lon obſeruoit tous les preceptes qui ſont compris dans les liures ſecs & arides d'Hermagoras & d'Appollodorus; & ſi quelqu'vn ayant gouſté de la Philoſophie, en tiroit quelque trait, & l'enchaſſoit dans ſon oraiſon, il receuoit des loüanges qui l'éleuoient juſques au ciel. Dequoy il ne ſe faut pas eſtonner; par ce que cela eſtoit nouueau & incognu, & qu'entre les Orateurs il y en auoit fort peu qui euſſent cognoiſſance des preceptes des Rheteurs, & des opinions des Philoſophes. Mais maintenant que toutes ces

richeſſes ſont découuertes , & qu'il ne ſe
preſente perſonne au Palais pour oüir les
plaidoyeries , qui , ſuppoſé qu'il ne ſoit pas
inſtruit parfaitement aux bonnes lettres,
du moins n'ayt quelque teinture des ſçiences , il faut que les Orateurs treuuent des
voyes excellentes , & nouuelles en l'eloquence, pour contenter les auditeurs, &
empeſcher qu'ils ne s'ennuyent & ne ſe
dégouſtent ; attendu méme qu'ils ont à
parler deuát des juges qui exercent leur ju-
riſdiction auec puiſſance,& qui ne ſont pas
obligez de ſuiure les formules du droit,
& d'enfermer leurs ſentimens dans l'étroi-
te diſpoſition des loix , qui limitent le
temps , & ne veulent pas qu'il leur ſoit
précrit, qui ne ſont point tenus d'attendre que l'Orateur parle du fonds de ſa
cauſe, mais ont pouuoir de l'aduertir de
ce qu'il doit faire, de le rappeller quand
il s'échappe, & de luy dire qu'il faut qu'il
ſe haſte, & qu'il finiſſe. Qui pourroit ſou-
frir maintenant qu'vn Orateur commen-
çaſt

çaſt vne oraiſon par le diſcours de ſa maladie? qui eſt l'entrée que Coruinus donne preſque à toutes ſes harangues. Qui
auroit la patience d'attendre la fin des
cinq liures contre Verres? Qui approuue-
roit ces grands volumes des exeptions &
des formules du droit, que nous liſions
pour Ciceron, ou pour Cecinna? En ce
temps cy, le juge deuance les paroles de
l'aduocat; & ſi ſon eſprit n'eſt attiré &
charmé par la prompte expreſſion des raiſons, ou par la beauté des ſentences, ou
par la gentilleſſe & l'ornement des riches deſcriptions, il a de l'auerſion pour
l'Orateur qui playde deuant luy. Méme
les aſſiſtans ordinaires des Orateurs, &
tous ceux qui viennent au Palais pour
entendre les plaidoyries, veulent qu'il y
ayt de la gayeté & de la beauté en vne
oraiſon, & ne ſouffrent non plus au barreau les rides de la triſte & rude antiquité,
que ſi quelqu'vn vouloit maintenant exprimer ſur le theatre les geſtes & les actions

G

de Roſcius, ou de Turpio Ambiuius. Les
jeunes gens qui vont au Palais, comme
a l'eſchole des bonnes lettres, & qui ſui-
uent les Orateurs pour ſe former ſur leurs
actions, veulent entendre & rapporter en
leurs maiſons quelque diſcours qui ſoit
excellent, & qui merite d'eſtre remarqué.
Ils communiquent enſemble ce qu'ils ont
oüy, & ſouuent en eſcriuent en leur païs,
ſoit que quelque penſée pleine de pointe
& de ſubtilité ait exprimé en peu de mots
vne belle ſentence, ou que quelque paſ-
ſage ait eſté releué d'vn ornement rare
& exquis tiré de la poëſie. Car maintenant on deſire méme que l'oraiſon ſoit
parée des beautez qui ſe treuuent dans les
œuures des poëtes, pourueu qu'elles ne
ſoient pas ſoüillées de la lie d'Accius &
de Pacuuius, & qu'elles ſoient priſes dans
la pureté des liures d'Horace, Virgile, &
Lucain. Ainſi nos Orateurs s'accommo-
dans aux humeurs & aux jugemens des
hommes d'aujourd'huy, rendent leur elo-

quence plus illuſtre & plus parfaite ; &
nos oraiſons n'agiſſent pas moins puiſ-
ſamment, dautant qu'en entrant dans les
oreilles des juges, elles rempliſſent leurs
eſprits de contentement. Car que diroit-
on ſi vn homme ſe vouloit perſuader que
les temples qui s'éleuent en noſtre temps
n'ont pas tant de ſolidité, & ſont moins
durables que les anciens, par ce que l'on
ne les baſtit pas de pierres mal taillées, &
que l'or & le marbre y éclatent de toutes
parts? Certes ie vous confeſſeray naïfue-
ment que quand ie ſuis ſur la lecture de
quelques vns des anciens, j'ay de la peine
tantoſt à m'empeſcher de rire, & quelques
fois à chaſſer le ſommeil. Et ne croyez
pas que ie veüille vous donner pour exemple aucun Orateur vulgaire du temps paſſé, comme Canutius, Furnius, ou To-
ranius, ou qui que ce ſoit des anciens,
qui touché de méme maladie qu'eux a
cultiué vne eloquence depourueüe de
grace & d'embonpoint. Ie vous propoſe

G ij

Caluus, qui ayant laiſſé, ce me ſemble, vingt & vne oraiſon, à peine me ſatisfait en vne, ou en deux ſeulement. Et ie ne vois pas qu'en cela ie ſois d'aduis contraire aux autres. Car qui eſt ce qui s'amuſe à lire ſes oraiſons contre Aſinius, & contre Druſus? Toutesfois tous les hommes ſtudieux manient celles qu'il a compoſées contre Vatinius, & principalement la ſeconde. Et à la verité elle eſt ornée de paroles bien choiſies, & de belles ſentences, & a dequoy contenter les oreilles des juges; tellement que lon peut juger que Caluus à cognu ce qui eſt excellent en l'eloquence, & que s'il n'a pas acquis vn ſtile plus ſublime & plus poly, ce n'eſt pas qu'il n'ayt eu la volonté d'y atteindre, mais c'eſt que l'eſprit & les forces luy ont manqué. Que dirons nous des oraiſons de Cœlius, ſinon que ſi elles ne ſont pas bonnes vniuerſellement, l'on y treuue quelques endroits où ſe recognoît la politeſſe & la majeſté de l'eloquence de no-

ftre temps? Neantmoins elles fe fentent
beaucoup des vices de l'antiquité, dautant
que l'on y voit de mauuais mots, qu'il
n'y a point de liaifon dans les difcours, &
que les raifonnemens y font mal digerez.
Et ie n'eftime pas qu'vn homme, quelque amoureux qu'il foit des anciens, puiffe loüer Cœlius, à caufe qu'il a des def-
fauts qui font paroiftre qu'il a vefcu aux
fiecles paffez. Il faut aduoüer que Iules
Cęfar, à caufe de fes hautes entreprifes,
& des grandes affaires qui l'ont occuppé
pendant fa vie, a moins fait en l'eloquence, que l'on ne deuoit attendre de fon
diuin efprit. Ceft pourquoy ie ne m'arrefte pas beaucoup à luy, non plus qu'à
Brutus, que ie laiffe à l'eftude de la Phi-
lofophie. Car fes admirateurs mémes con-
feffent que fes oraifons n'égalent pas fa
reputation; & il ny a perfonne qui ne
foit de cette opinion, fi ce n'eft que par
hazard il fe treuue quelqu'vn qui ayme
la lecture des oraifons de Cęfar pour De-

cius le Samnite, & de Brutus pour le Roy
Deïotarus, & d'autres pareils ouurages,
qui n'ont point de feu ny de vigueur, ou
qu'il se rencontre quelque esprit qui admire les vers que ces deux grands hommes ont composez. Car ils se sont aussi
addonnez à la poësie, & mémes ont fait
courir des copies de leurs vers. En quoy
ils n'ont pas mieux reüssi que Ciceron,
mais ils ont esté plus heureux que luy,
dautant que moins de personnes sçauent
qu'ils en sont autheurs. Pour le regard
d'Asinius, encores qu'il touche nostre
siecle de plus prés que ceux de qui ie viens
de parler, il me semble que son stile est
entierement semblable a celuy des plus
anciens Orateurs, & que pour se former
il a suiui vn Menenius, & vn Appius.
Et certes son genre d'écrire est si maigre
& si décharné, que lon diroit que non
seulement ses tragedies, mais aussi ses
oraisons sont de la façon de Pacuuius &
d'Accius. Ce qui est infiniment éloigné

de la perfection de l'eloquence ; par ce
que l'oraison, non plus que le corps humain, n'est pas en sa beauté lors que les
veines paroissent sur le cuir, & que les os
percent la peau ; mais quand le sang bon
& temperé remplit les membres, releue
les muscles, & couure les nerfs d'vne cou-
leur vermeille, qui leur donne de la grace & de l'ornement. Ie ne veux pas parler contre Coruinus, dautant qu'il n'a pas
tenu à luy que ses actions oratoires n'a-
yent parû auec nostre gayeté & nostre
politesse. Et de fait, nous voyons jusques
à quel point, par la bonté de son jugement, il a poussé la force de son esprit ; &
ie ne doubte point qu'auec ces aduanta-
ges il ne fût paruenu à la splendeur de
nostre eloquence, s'il eust vécu en nostre
siecle. Ie viens à Ciceron, qui a eu auec
ceux de son temps le même different que
j'ay auec vous. Car ils admiroient les anciens ; & quant à luy, il faisoit plus d'é-
tat de la forme de l'eloquence qui alors

eftoit en vfage. Et certes il faut confeffer que de toutes les bonnes parties qui
eftoient en luy, il ny en a point qui luy
ayt donné plus de luftre par deffus les autres Orateurs de fon fiecle, que l'excellence de fon jugement. Car il a le premier
apporté de l'ornement à l'oraifon, de la
pureté à la diction, & de l'art à la compofition. Il a entrepris d'enrichir l'eloquence de difcours releuez, & de hautes meditations ; & méme fon inuention luy a
fourni quelques belles fentences, dont il
s'eft heureufement ferui. Ce qui fe void
principalement dans les oraifons qu'il a
compofées en fa vieilleffe, & fur le declin
de fa vie, c'eft à dire, apres que fon eftude & fon trauail luy ont donné plus de
cognoiffance, & que l'vfage & l'experience luy ont apris qu'elle eft la plus parfaite forme de l'eloquence. Car fes premieres actions ne font pas exemptes des vices de l'antiquité. Il eft lent en fes exordes, long en fes narrations, lafche & oifif
en fes

en ses digressions. Il a de la peine à s'é-
mouuoir, il s'échauffe rarement, il a peu de
raisonnemens qui soient propres à son sujet ; & ce qu'ils ont de lumiere, se perd
dedás l'ombre qui l'accompagne. Ce sont
des pieces dont on ne peut rien tirer pour
faire son profit, & qui ressemblent a ces
bastimens grossiers, ou les murailles sont
à la verité fortes & de longue durée, mais
elles ne sont pas assez polies, & n'ont aucun ornement qui leur donne de l'éclat.
De moy, ie veux qu'vn Orateur, à l'exemple d'vn pere de famille riche & accom-
modé, ayt vne maison non seulement qui
le deffende des vents & de l'orage, mais
aussi qui luy resioüisse la veuë ; qu'il ne
soit pas seulement fourni des meubles
necessaires à son vsage, mais qu'il ayt aussi
de l'or & des pierreries, qu'il puisse ma-
nier & considerer toutes les fois qu'il vou-
dra; qu'il ne se serue point de mots vieux
& enroüillez; qu'il rejette ceux qui ne sont
plus receus, & qui se sentent de la rudes-

H

fe de l'antiquité ; que fes difcours n'ayent
rien de lent & de lafche en leur compofition, & qu'ils ne foient point eftendus en
forme d'annales ; qu'il éuite fur toutes
chofes vne bouffonnerie honteufe & ridicule ; que fes phrafes ayent de la diuerfité , & que toutes fes periodes ne finif-
fent pas par vne méme cadance. Ie ne
veux pas reprendre certains termes que
Ciceron affecte, comme *rota fortunæ*, *jus
Verrinum*, & l'*effe videatur*, qui eft trop
frequent dans fes œuures, qu'il veut faire paffer par tout en forme de fentence,
& par lequel il finit la plufpart de fes
periodes. C'eft malgré moy que ie les
ay rapportez , & à deffein j'en ay obmis
plufieurs de ce méme genre. Neantmoins
ceux qui fe nomment anciens Orateurs,
n'admirent en Ciceron que ces termes là,
& mémes ils en rempliffent leurs écrits.
Ie ne veux nommer perfonne , & il me
fuffit d'auoir defigné ceux de qui j'entends
parler. Mais ne voyez vous point tous

les jours des hommes qui ayment mieux
lire Lucilius que Horace, & Lucrece que
Virgile ; qui ne font point d'état de l'e-
loquence de voftre Aufidius Baffus, ou
de Seruilius Nouianus , en comparaifon de celle de Sifenna , ou de Varron;
qui ont du dégouft & de l'auerfion pour
les œuures des Rheteurs de noftre temps,
& qui admirent les liures de Caluus, qui
ont vne eloquence trifte & fans ornement ; & qui ayant acquis la fanté dont
ils fe vantent, pluftoft par la jeufne & l'ab-
ftinence, que par la vigueur de leur difpofition, ont fi peu de nom , que lors que,
fuiuant le ftile des anciens, ils parlent deuant les juges, ils n'ont aucuns auditeurs
à leur fuitte, le peuple ne les vient point
écouter, & les playdeurs mémes ont de la
peine à les fouffrir. Auffi les medecins
n'eftiment pas que la fanté du corps foit
parfaite, quand elle arriue toute feule, &
que l'efprit demeure affiegé de fa melan-
colie & de fon inquietude. Car ce n'eft

H ij

pas affez qu'vn homme ne foit point ma-
lade ; il faut outre cela qu'il foit fort &
gaillard, & celuy-la n'eft gueres éloigné
du mal, en qui il ny a rien à loüer que la
fanté. Quant à vous, Meffieurs, qui auez
porté l'eloquence au plus haut point où
elle peut monter, continuez, comme il eft
en voftre puiffance, & comme vous faites dignement, à efclairer noftre fiecle, &
à luy faire voir qu'elle eft la plus parfaite forme de l'oraifon. Car pour vous,
Meffalla, vous imitez excellemment tout
ce qui eft de beau dans les anciens ; &
vous, Maternus & Secundus, vous fça-
uez fi bien mefler la majefté auec la po-
liteffe & la pureté de la diction, vous faites choix de vos inuentions auec tant de
jugement, il y a tant d'ordre en vos oraifons, vous eftes fi forts & fi abondans
en paroles quand vos caufes en ont befoing, vous obferuez vne telle briefueté
lors que vous en auez le pouuoir, voftre
compofition eft fi agreable, vos fentences

font fi belles, vous exprimez fi puiffam-
ment les paffions, & vous vfez de voftre
liberté auec tant de retenuë, que fi la malice & l'enuie empéchent les hommes qui
viuent aujourd'huy de vous donner la
gloire que vous meritez, la recompenfe
qui vous apartient n'eft que differée, &
ceux qui viendront aprés nous, d'époüil-
lez d'affection, en parlant de vous publie-
ront des veritez que noftre fiecle ingrat
n'aura pas voulu recognoiftre. Aper ayant
là finy fon difcours, Maternus prit la parole, & dit; Vous voyez, Meffieurs, de
quelle force & de quelle ardeur noftre
Aper a animé fon eloquence, auec combien d'effort & de violence il a deffendu
noftre ~~fiele~~, auec quelle abondance & di- *fiecle*
uerfité d'argumens il a perfecuté les anciens, & combien il s'eft monftré inge-
nieux, & plein d'efprit, d'art, & d'erudition, lors qu'il s'eft ferui de leurs armes
pour les combatre. Toutesfois, Meffalla,
vous ne deuez pas changer la promeffe

H iij

que vous nous auez faite. Car nous ne
defirons pas que vous entrepreniez la deffenfe des anciens , & quelque loüange
qu'Aper nous ait donnée, il n'y a pas vn
de nous qui fe veüille comparer à ceux
qu'il a attaquez ; & luy méme ne croit pas
ce qu'il a voulu nous perfuader, mais, fuiuant la forme ancienne que vos Philofophes pratiquoient autrefois, il a pris la
charge de contredire. Ne vous amufez
donc pas à nous loüer les anciens , car
leur renommée leur donne affez de loüanges , mais dites nous d'où vient que
nous fommes tant reculez de la dignité
de leur eloquence, veu que par la fuppu-
tation des temps il n'y a que fix vingts
ans dépuis la mort de Ciceron jufques a
nous. Ie fuiuray la forme que vous me
prefcriuez, dit alors Meffalla à Maternus,
car ie ne croy pas eftre obligé de demeurer long temps à refuter ce qu'à dit Aper,
qui premierement s'eft arrefté, ce me femble, à difputer du nom , fouftenant que

ceux qui ont vefcu il n'y a que cent ans,
ne peuuent pas eftre proprement appellez
anciens. De moy, ie ne mets pas le point
de noftre controuerfe fur les mots, & il
ne m'importe comme il les appelle, ou
anciens, ou majeurs, ou de quelque autre nom que ce foit, pourueu qu'il re-
cognoiffe que l'eloquence de ce temps-là
eftoit plus fublime & plus parfaite que
la noftre. Ie ne veux pas auffi contredire
cefte partie de fon difcours, ou il a fou-
tenu que l'eloquence paroît en diuers
temps foubs diuerfes formes & diuers vi-
fages ; car nous confeffons tous que l'o-
raifon a eu plufieurs formes differentes,
non feulement en diuers fiecles, mais auffi
en vn méme temps. Ainfi donc qu'entre les Grecs Demofthene tient le premier
rang, & eft fuiui par Æfchines, Hyperides, Lyfias, & Lycurgus, & que tous ces
Orateurs enfemble, quoy que leur eloquence ne foit pas vniforme, compo-
fent vn âge d'Orateurs qui eft approuué

de tout le monde ; de méme entre nous
Ciceron a furpaffé tous les eloquens hommes de fon temps , & quant à Caluus,
Afinius, Cæfar, Cœlius, & Brutus, ils doiuent eftre preferez à ceux qui ont vefcu
deuant eux , & à ceux qui les ont fuiuis.
Car il ne faut pas confiderer s'il y a quelque difference en l'efpece de leur oraifon,
puifque le genre de leur eloquence eft
femblable. Mais, dit-on , Caluus eft plus
ferré, Afinius plus nombreux, Cæfar plus
releué, Cœlius plus picquant, Brutus plus
graue , & Ciceron plus vehement , plus
rempli , & plus puiffant; toutesfois ils ont
tous vne eloquence égallement faine &
vigoureufe , de forte que fi vous prenez
la peine de lire leurs liures, vous trouue-
rez que nonobftant la diuerfité de leurs
efprits , il y a de la reffemblance & de la
conformité en leurs jugemens, & en leurs
inclinations. Quant à ce que l'on void
que les vns ont médit des autres , & qu'il
refte encores quelques marques dans leurs
epiftres.

epiſtres qui font recognoiſtre la haine cou-
uerte qui eſtoit entr'eux; c'eſt vn vice qui
ne doit pas eſtre attribué à la profeſſió des
Orateurs, mais à l'infirmité des hommes.
Car ie croy que Caluus, Aſinius, & Ciceron méme, ont eſté en leurs temps enuieux
de la gloire d'autruy, & que leurs ames
n'ont pas eſté exemptes des paſſions qui
font attachées à la nature humaine. Ie
fais le méme jugement de tous ces autres
Orateurs, excepté de Brutus, lequel, à mon
aduis, a parlé ſelon ſa penſée, & ſans
eſtre preuenu d'enuie, ny de mauuaiſe
volonté. Car y a t'il apparence que Brutus ait eſté jaloux de l'eloquence de Ciceron, luy qui, ce me ſemble, n'a point
porté d'enuie à la fortune de Ceſar? Quant
a Sergius Galba, Caius Lelius, & tous
les autres d'entre les anciens à qui Aper
a fait la guerre, mon intention n'eſt pas
de les deffendre; car ie confeſſe que quelque choſe manquoit à leur eloquence,
comme venant encores de naiſtre, & n'e-

I

tant pas aſſez aduancée en âge pour auoir
atteint à la perfection. Mais ſi aprés cette
ſublime & excelléte forme de l'eloquence,
j'auois a en choiſir vne pour moy, certes
j'aymerois mieux la vehemence de Caius
Graccus, ou le jugemét de Lucius Craſſus,
que le ſtile affecté de Mecenas, ou l'harmonie trop recherchée des periodes de Gal-
lion. Car il ſied mieux à vn Orateur d'eſtre
couuert d'vne robbe fourrée, que de paroître auec du fard, & ſoubs les habits d'vne
courtiſane. En effect les ornemens dont ſe
ſeruét pluſieurs aduocats de noſtre temps,
n'ont rien de la pureté de l'eloquence
oratoire, & mémes ne ſont pas conuenables à des hommes. Car par le moyen
de l'affecterie des termes qui ſont dans
leurs oraiſons, des fauſſes ſubtilitez qu'ils
affectent en leurs ſentences, & de la licence de leur compoſition, il ſemble qu'en
effect ils joüent le perſonnage d'vn Co-
medien; & ce que l'on ne doit entendre
qu'auec regret, pluſieurs ſe vantent, pour

acquerir de l'honneur & de la gloire, &
pour tirer vanité de la bonté de leur efprit, que leurs pieces font propres à eftre
reprefentées fur vn theatre. D'où vient
que quelques perfonnes font hors de faifon, & toutesfois affez fouuent, cette
honteufe exclamation, que nous fommes
en vn fiecle ou l'on dit que les Orateurs
parlent delicatement, & que les bouffons
danfent eloquemment. Certes ie ne nieray
pas que Caffius Seuerus, que noftre Aper
a ofé nommer tout feul, s'il eft comparé
à ceux qui font venus depuis luy, ne puiffe eftre appellé Orateur, encores qu'en
vne grande partie de fes oraifons il ait
plus d'effort & de vehemence, que de fang
& de vigueur. Et de fait, il eft le premier
qui a méprifé l'ordre en l'oraifon, & qui
en parlant a oublié la pudeur & la modeftie. Mémes il a ce defaut, qu'il ne fe fert
pas de fes armes auec affez d'adreffe, &
d'autant que l'enuie qu'il a de frapper fait
que le plus fouuent il fe découure, fon

action ne peut eftre prife pour vn combat d'honneur , mais pluftoft pour vne
importune criaillerie. Toutesfois , comme j'ay dit cy deuant, fi l'on fait comparaifon de fon eloquence auec celle des
Orateurs qui ont vécu depuis luy , il fe
treuue qu'il les furpaffe tous de beaucoup,
foit que l'on regarde l'abondance de la
doctrine, la bonne grace qui doit animer
la raillerie , ou les propres forces de l'o-
raifon. Auffi Aper n'a pas voulu nommer,
& comme faire entrer en lice pas vn de
ces Orateurs des derniers temps. En quoy
il a trompé mon efperance ; par ce que
j'attendois qu'aprés auoir parlé contre
Afinius, Cœlius, & Caluus, il nous pro-
duiroit vne autre compagnie compofée
de plus grande quantité d'Orateurs que
ceux qu'il a blafmés, ou au moins de pareil nombre, que nous pourrions oppofer
l'vn à Ciceron, l'autre à Cefar & ainfi de
tous les autres. Mais il s'eft contenté d'a-
uoir médit des anciens Orateurs en par-

ticulier, & il n'a ofé loüer aucun de ceux
qui les ont fuiuis, finon en general, crai-
gnant peut eftre d'en offenfer plufieurs,
s'il n'en choififfoit qu'vn petit nombre.
Car de tous les Rheteurs, il n'y en a pas
vn qui ne fe prefere à Ciceron, & toutefois qui ne cede librement à Galbinianus.
Quant à moy, ie ne craindray point de
nommer tous ces Orateurs, afin de faire
cognoiftre plus facilement par le moyen
de ces exemples, par quels degrez l'eloquence à defcheu de fa beauté. Lors Maternus dit à Meffalla; Depéchez vous, ie
vous prie, & au pluftoft acquitez vous
de voftre promeffe; car nous ne defirons
pas que vous nous monftriez que les anciens eftoient plus eloquens que nous,
parce que pour moy c'eft chofe que ie
confeffe, mais nous voulons fçauoir les
caufes de cette décadance, que vous auez
accouftumé de rechercher, ainfi que vous
auez dit tantoft, auec vn ftile plein de
douceur, & qui imite l'eloquence de nof-

I iij

tre temps , auant qu'Aper vous euſt offenſé en blaſmant vos ayeuls. Ie ne me
tiens pas offenſé, répondit Meſſalla , du
diſcours d'Aper, & il ne faut pas que vous
vous piquiez ſi vous entendés quelque
choſe qui ne vous plaiſe pas ; car vous
ſçauez que là loy de ces diſputes eſt telle,
que lon peut dire ſon ſentiment auec
toute ſorte de franchiſe, ſans donner at-
teinte à l'amitié. Continuez, repartit Maternus, de parler des anciens, & vſés de la
liberté ancienne, de laquelle nous auons
plus degeneré, que de la perfection de l'e-
loquence. Les cauſes que vous cherhez,
dit Meſſalla à Maternus, ne ſont pas beaucoup cachées, & elles ſont aſſez publiques,
pour ne vous eſtre pas incogneuës , ny à
Secundus, & à Aper. Et en effect , vous
m'obligez de vous dire ce que nous re-
cognoiſſons tous. Car qui ne ſçait que
l'eloquence & les autres arts ont décheu
de leur ancienne gloire, non pas à faute
d'auoir rencontré des hommes capables

de les cultiuer, mais par la pareſſe de la
jeuneſſe, la negligence des parens, l'ignorance des maiſtres, & l'oubliance des an-
ciennes mœurs. Ces deſordres ayant pris
naiſſance en cette ville, ſe ſont apres eſ-
pandus par toute l'Italie, & maintenant
ils commencent de s'eſtablir dans les prouinces. Mais dautant que nous auons plus
de cognoiſſance des maux que nous reſ-
ſentons, que de ceux qui ne nous tou-
chent point, ie parleray des vices propres, & comme naturels à cette ville, qui
s'emparent de nos ames auſſi toſt que nous
ſommez naiz, & qui ſe multiplient en
nous à meſure que nous aduançons en
âge, aprés que j'auray repreſenté ſom-
mairement qu'elle eſtoit la ſeuerité &
la diſcipline de nos peres en l'education
& l'inſtitution de leurs enfans. Autrefois
les peres faiſoient nourrir les enfans qu'ils
auoient eu dans vne conjonction legiti-
me, & vn mariage plein d'honneur & de
chaſteté, nó pas entre les bras d'vne nour-

rice eftrangere , & de condition feruile,
mais dans le giron & le fein de la mere,
dont la principale loüange eſtoit de ſçauoir bien gouuerner ſa maiſon , & éleuer
ſes enfans. Dauantage le pere & la mere
faiſoient choix d'vne de leurs parentes, à
qui l'âge euſt meuri l'eſprit , & dont les
bonnes qualitez fuſſent recognuës, pour
luy donner la conduite & le gouuerment
de la famille. Et chacun portoit tant de
reſpect à cette femme , que l'on n'oſoit
en ſa preſence prendre la hardieſſe de dire ny de faire aucune choſe qui ne fuſt
honeſte ; & elle de ſon coſté menageoit
ſi bien l'eſprit des enfans qui eſtoient
ſoubs ſa charge, que non ſeulement leurs
affections & leurs exercices , mais auſſi
leurs jeux & leurs diuertiſſemens auoient
quelque eſpece de pudeur & de ſaincteté.
Ainſi nous auons apris que Cornelia, Au-
relia, & Attia, la premiere mere des Gracches, la ſeconde de Ceſar, & la troiſiéme
d'Auguſte, ont eu le ſoing de leur education,

cation, & ont éleué des enfans qui font
deuenus fi grands perfonnages. L'vtilité
que l'on tiroit de cette difcipline eftoit,
que le naturel d'vn chacun fe conferuoit
en fa pureté, & que l'inclination n'eftant
point corrompuë par les vices, elle fe portoit d'elle méme à aymer les chofes honneftes; de forte que foit qu'elle fe jettaft
à l'exercice de la guerre, ou à la fçience
du droict, ou à l'eftude de l'eloquence,
elle s'y donnoit toute entiere, & par ce
moyen l'efprit acqueroit vne cognoiffance parfaite de ce à quoy il s'eftoit appli-
qué. Mais maintenant auffi toft qu'vn
enfant eft nay, on le met entre les mains
de quelque efclaue Grecque, & auec elle
on deftine à fon feruice vn ou deux hommes, que l'on choifit entre tous les ferfs
de la famille, & le plus fouuent l'on prend
ceux qui ne font propres à aucun mini-
ftere ferieux, & dont la condition eft la
plus abjecte. Or l'efprit de l'enfant eftant
encores tendre, & fufceptible de toutes for-

tes d'impreſſions , il reçoit de mauuaiſes
inſtructions dés ſa naiſſance à oüir leurs
contes & leurs folies. Car il n'y a perſonne en la maiſon qui ſe retienne de mal
parler, ou de mal faire en la preſence du
fils de ſon maiſtre; & mémes le pere &
la mere n'accouſtument pas leurs enfans
à des actions de probité & de modeſtie,
mais à la licence & à la débauche. D'où
vient que peu a peu l'impudence gaigne
leurs eſprits , & en ſuitte le mépris tant
de leurs parens, que des eſtrangers. Dauantage il y a de certains vices propres &
particuliers à cette ville, dont il me ſemble qu'ils prennent les habitudes, s'il faut
ainſi dire, dans le ventre de leurs meres;
à ſçauoir la paſſion d'oüir les comedies,
de voir les combats des gladiateurs , &
les courſes des cheuaux; affection ſi vio-
lente, que depuis qu'elle exerce ſon empire dans vn eſprit, elle y eſtouffe toutes
les ſemences de vertu, & y eſteint toutes
les bonnes inclinations. Toutefois il y a

peu de perfonnes qui parlent d'autre chofe dans leurs maifon , & nous n'enten-
dons point d'autres difcours en la bouche des enfans , lors que nous entrons
dans les efcolles ; mémes c'eft de là que les
maiftres tirent la plufpart des fables qu'ils
propofent à leurs auditeurs. Car ce n'eft
pas par la feuerité d'vne bonne difcipline, ny pour auoir donné de grandes preuues de leur fuffifance , qu'ils attirent la
jeuneffe à leurs efcolles, mais c'eft pluftoft
par de brigues honteufes , & par de laf-
ches flateries, dont ils vfent tant enuers
les peres, qu'enuers les enfans. Ie laiffe là
les premiers elemens , où il eft veritable
que l'on fe donne fort peu de peine , &
ie paffe à l'eftude plus ferieufe, en laquelle il me femble que lon ne s'employe pas
affez à la lecture des bons autheurs, à la
recherche de l'antiquité, & à la cognoiffance des affaires, des hommes , & des
temps. Car incontinent on veut aller entendre ces gens que l'on nomme Rhe-

teurs, de la profeſſion deſquels ie parleray tantoſt, & ie diray en quel temps elle a
eſté premierement introduicte en cette
ville, & le peu de credit qu'elle auoit auprés de nos peres. Mais auparauant il eſt
neceſſaire que ie face mention de la diſcipline, dont, ainſi que nous auons apris, ſe
ſont ſeruis ces gráds Orateurs de qui nous
auons les liures, où nous voyons encores
des marques d'vn trauail infini, d'vne meditation continuë, & d'vn grand exercice
en toutes ſortes de ſçiences. Vous auez veu
le liure de Ciceron qui eſt intitulé Brutus,
en la premiere partie duquel il fait vn de-
nombrement des anciens Orateurs, & en
la ſeconde il rapporte ſes commencemens, ſon progrez, &, s'il faut ainſi parler, l'education de ſon eloquence. Car il
dit qu'il a appris le droict ciuil ſoubs
Q. Mucius, & qu'il a eſté pleinement inſtruit en toutes les parties de la Philoſophie par Philon l'Academique, & Dio-
dore le Stoique; & que non content

des profeffeurs des fçiences dont il auoit
eu nombre fuffifant en cette ville, il auoit
voyagé en Grece & en Afie, afin d'acquerir vne cognoiffance parfaite de toutes chofes. Auffi certes il eft aifé de recognoiftre en lifant les liures de Ciceron,
que ce rare efprit n'a ignoré ny la Grammaire, ny la Geometrie, ny la Mufique,
ny quelqu'autre fçience que ce foit; qu'il
a fait fon profit de la fubtilité de la Dialectique, & de l'excellence de la Moralle;
& qu'il a fçeu les caufes & les mouuemens de tout ce qui eft dans l'ordre du
monde. Ainfi cette faculté admirable de
l'eloquence fait paroître en abondance
fes richeffes & fes trefors, quand ceux qui
la cultiuent font pourueus d'vne grande erudition, & font confommez en
la cognoiffance de tout ce dont l'efprit
humain eft capable. Car la fçience d'vn
Orateur n'eft pas renfermée dans vn petit
efpace, & fes bornes ont bien vne autre
eftenduë que la plufpart des chofes que

K iij

nous cognoiſſons. Il faut qu'vn Orateur
ſçache parler auec ornement de tout ce
qui peut tomber dans le diſcours, que ſes
paroles ayent la force de perſuader, qu'elles ſoient proportiónées à la dignité de
leur ſujet, & qu'elles reſpondent à la condition des temps, & à l'humeur des auditeurs, afin qu'il en reuienne du profit au
public, & du contentement à ceux qui les
écoutent. Auſſi eſt-ce la fin que ces anciens Orateurs ſe propoſoient ; & pour
y paruenir, ils eſtimoient qu'il leur eſtoit
neceſſaire, non pas de declamer dans les
eſcolles des Rheteurs, & d'exercer leurs
langues & leurs voix à traicter des controuerſes où il ne ſe voit rien qui approc-
che de la verité, mais de s'employer à apprendre les ſçiences qui enſeignent ce qui
eſt bon & ce qui eſt mauuais, ce qui eſt
honneſte & ce qui ne l'eſt pas, ce qui eſt
juſte & ce qui eſt injuſte. Car en cela conſiſte la matiere de l'oraiſon ; par ce que
au genre judiciaire, nous parlons ordi-

nairement de l'equité, au genre delibe-
ratif de l'vtilité, & au genre demonstra-
tif de l'honesteté, en sorte toutesfois, que
bien souuent en chacun des genres de
l'oraison il se fait vn mélange de toutes
ces choses ; desquelles il est impossible
qu'vn homme discoure auec abondance,
ornement, & diuersité, s'il n'a cognoissance de la nature humaine, des puissans
effects de la vertu, de la malignité du vice, & de toutes les qualitez qui ont leur
estre separé, & qui ne sont point mises au
nombre des vertus ny des vices. Et certes il ne faut point doubter que celuy qui
sçait comme la collere se produit, & quelle passion c'est, ne soit pas plus capable
qu'vn autre, pour irriter ou appaiser la
chollere d'vn juge ; & pareillement que
celuy qui cognoist les mouuemens par
lesquels se forme la misericorde, n'ait plus
d'adresse que ceux qui les ignorent, pour
disposer les esprits des auditeurs à la pitié.
Vn Orateur pourueu de cette sçience, &

nourri en cét exercice, deuant qui que ce
foit qu'il ait à paler, & de quelque paffion que ceux qui l'écoutent foient pre-
uenus, ou de haine, ou de conuoitife,
ou d'enuie, ou de trifteffe, ou de crainte,
il retiendra leurs affections, & empéchera
qu'elles ne s'échappent; & ayant toufiours
fes armes preftes pour s'en feruir à l'oc-
cafion, il donnera à fon oraifon tels
mouuemens qu'il fera neceffaire felon l'inclination d'vn chacun. Il y a des perfonnes qui ont plus de creance aux paroles
de l'Orateur, lors que fon ftile eft ferré,
& qu'il conclud fes argumens en peu de
mots. Pour contenter ces efprits, l'eftude la Dialectique fera fort vtile. D'autres
ayment vne oraifon eftenduë, & égale
par tout, & dont les raifons font tirées
des fentimens communs à tous les hommes. Pour efmouuoir ceux-cy, il faudra
emprunter quelque chofe des Peripateti-
ciens. Les Academiques fourniront à l'O-
rateur de la matiere prefte, & propre à
eftre

eftre employée en toute forte de fujets.
Les Stoïciens luy donneront le moyen
de combatre auec de l'ardeur & du courage, Platon ornera fon oraifon de hautes meditations , & Xenophon luy ap-
prendra à rendre fes difcours agreables.
Il fe pourra mémes feruir, quand il juge-
ra à propos , de quelques exclamations
honneftes d'Epicure & de Metrodorus.
Car noftre deffein n'eft pas de former vn
homme à cette fublime fageffe qui ap-
proche bien prés de la perfection , ny de
compofer vne republique de Stoiciens;
mais d'inftruire vn Orateur , dont la profeffion n'eft pas bornée à de certaines
fçiences, & qui doit eftre pourueu hon-
neftement de la cognoiffance de toutes.
C'eft pourquoy les anciens Orateurs eftu-
dioient le droict ciuil, & apprenoient la
Grammaire, la Mufique , & la Geometrie. Car en la plufpart, & prefque en
toutes les caufes qui fe prefentent , il eft
neceffaire de fçauoir le droict , & il s'en

L

treuue grand nombre ou l'on a befoing
de ces autres fçiences. Or c'eſt, à mon aduis, vne mauuaiſe réponſe, de dire qu'il
ſuffit à l'Orateur d'apprendre ce que les
autres arts ont de propre à ſon ſujet, à
meſure qu'il en a affaire. Car premierement, nous nous ſeruons bien d'vne autre façon de ce qui eſt à nous, que de ce
que nous empruntons; & lors que quelqu'vn parle en public, l'on recognoît ai-
ſément de la difference entre les choſes
qui ſont à luy, & celles qu'on luy a pre-
ſtées, & qui ne luy appartiennent pas.
D'ailleurs, la cognoiſſance vniuerſelle des
arts & des fçiences nous donne de l'ornement, & fait éclater en nos diſcours ſa
richeſſe & ſon excellence, lors que nous
y penſons le moins ; & cette beauté paroît aux yeux du docte & judicieux auditeur, & du vulgaire méme. D'où vient
que l'vn & l'autre, après auoir entendu
vn aduocat, ouure auſſi-toſt la bouche
pour luy donner les loüanges qui luy ſont

deuës, aduoüant qu'il a tres bien eftudié,
qu'il eft paruenu au plus haut point de
l'eloquence, & qu'à bon droit il porte le
titre d'Orateur; qualité diuine, que ie fou-
ftiens ne s'eftre jamais rencontrée, & ne
fe pouuoir trouuer en vn homme, fi, à
l'exemple de ceux qui entrent au combat
armés de toutes pieces, il n'eft venu au
barreau auec vne grande fuffifance en toutes les fçiences. Neantmoins c'eft vne
chofe qui eft extremément negligée par
les aduocats de noftre temps; car par vn
deffaut qui imprime la honte fur leur
front, leurs actions ne font exemptes des
vices du langage vulgaire; ils ignorent
les Loix; ils n'ont cognoiffance ny des
decrets, ny des Arrefts du Senat; ils tour-
nent en rifée la fçience du droict ciuil; ils
redoutent l'eftude de la fageffe, & les preceptes des Philofophes; & ils reduifent
l'empire de l'eloquence dans vn petit
nombre de raifonnemens & de fentences, comme fi elle auoit efté chaffée de

son trofne. De forte que celle qui eftoit
autrefois la maiftreffe de tous les arts, &
qui tenant fa cour dans nos efprits pa-
roiffoit toufiours auec vne belle fuitte, eft
maintenant feparée des autres fçiences
comme de fes membres, depourueuë
d'honneur & d'ornement, & ie ne fçay
fi j'ofe dire auffi de nobleffe, & cultiuée
par les hommes comme vn des plus me-
chaniques & fordides meftiers du monde. C'eft donc là, à mon aduis, la premiere & principale caufe pour laquelle
nous nous fommes tant reculez de l'eloquence des anciens Orateurs. Si vous
me demandez des preuues pour confirmer
ce que j'ay dit, ie ne vous puis donner de
meilleurs tefmoins que Demofthene entre les Grecs, qui, comme nous lifons, a
efté auditeur de Platon, & Ciceron, qui
a laiffé par écrit en ces mémes mots, ce
me femble, *Qu'il eft redeuable du progrez*
qu'il a fait en l'eloquence, non pas aux ef-
colles des Rheteurs, mais à la difcipline des

Academiques. Il y a encores d'autres causes
de cette decadence, tres-grandes, & tres-
importantes, que vous estes obligez de
nous declarer; car de moy, ie me suis ac-
quité de ce qui estoit de ma charge. En
quoy ie croy que, selon ma coustume,
j'ay offensé plusieurs personnes, qui di-
ront, sans doubte, s'ils entendent iamais
parler de ce discours, qu'en loüant l'estude du Droict & de la Philosophie, comme
necessaire à l'Orateur, ie n'ay receu de l'ap-
plaudissement que de moy méme, & que
ie suis demeuré seul approbateur de mes
fantaisies. Lors Maternus dit à Messalla;
Tant s'en faut que j'estime que vous ayez
satisfaict à la charge que vous auez prise,
qu'il me semble que vous n'auez fait que
commencer, & que vous n'auez encores
tracé que les premiers linéamens. Car
vous nous auez dit comment les anciens
Orateurs auoient accoustumé de se faire
instruire, & monstré quelle difference il
y a entre nostre paresse & nostre ignoran-

ce , & leur doctrine profonde & abon-
dante. Maintenant j'attends de vous les
chofes qui reſtent , & comme vous m'a-
uez apris ce que c'eſt qu'ils ſçauoient , ou
ce que nous ignorons , ie deſire que vous
me faſſiez cognoiſtre par quels exercices
les jeunes gens qui eſtoient nouuellement
venus au barreau formoient leurs eſprits,
pour atteindre à cette ſublime eloquence,
Car vous ne nierez pas , & à voir la mine
de ces Meſſieurs , il ſemble qu'ils demeurent d'accord que l'eloquéce conſiſte bien
plus en habitude & en meditation , qu'en
ſçience & en art. Auſſi-toſt Aper & Secundus ayant fait paroiſtre qu'ils eſtoient de
cét aduis , Meſſalla comme commençeant
ſon diſcours pour vne ſeconde fois , dit;
Puiſque vous eſtimez que j'ay fait voir
ſuffiſamment les commencemens , &
comme les ſemences de l'ancienne eloquence , en monſtrant quelle eſtoit l'é-
tude de ces grands Orateurs du temps
paſſé , ie continueray de parler de leurs

exercices; quoy que lon puiſſe dire que
l'exercice ſe treuue en l'eſtude des arts &
des ſçiences, & qu'il eſt impoſſible d'acquerir la cognoiſſance de tant de choſes, ſi
hautes & ſi cachées, ſans que la ſçience ſoit
accompagnée de la meditation, la meditation de l'habitude, & l'habitude de la force
de l'eloquence. Dont il reſulte, que par vne
même voye nous aprenons les choſes
pour nous en ſeruir, & nous nous en ſeruons aprés que nous les auons appriſes.
Que ſi quelqu'vn treuue ce diſcours trop
obſcur, & veut ſeparer la ſçience d'auec
l'exercice, il faut qu'il accorde que l'eſprit
eſtant pouruû & rempli de ces arts & de
ces ſçiences, a bien plus de diſpoſition
aux exercices par leſquels vn Orateur ſe
forme à l'eloquence. Doncques du temps
de nos anceſtres, quand on vouloit mettre vn jeune homme à la ſuitte du barreau, aprés qu'il auoit pris vne bonne diſcipline dans la maiſon paternelle, & que
ſon eſtude luy auoit donné quelque co-

noiſſance mediocre des ſçiences, ſon pere, ou quelqu'vn de ſes proches, le me-
noit a celuy des Orateurs qui eſtoit le plus
eſtimé dans la ville, pour le ſuiure & l'aſ-
ſiſter par tout, & eſtre preſent à toutes ſes
actions, ſoit qu'il parlaſt deuant les juges,
ou qu'il haranguaſt deuant le peuple.
Ainſi il voyoit tout ce que faiſoit cét Orateur, il eſtoit ſpectateur de ſes diſputes,
&, s'il faut ainſi dire, il aprenoit dans les
combats mémes les moyens d'attaquer
& de ſe deffendre. Par ce moyen les jeunes gens acqueroient en peu de temps
beaucoup de facilité, d'aſſeurance, & de
jugement. Car ils faiſoient leur eſtude au
lieu ou l'eloquence paroît auec plus de
luſtre & de beauté, ou les meilleurs eſprits
hazardent leur reputation, & ou vn homme ne peut impunément parler mal à propos, ſes paroles eſtant ſujetes à la cen-
ſure du juge, aux reproches de ſon ad-
uerſaire, & au mépris des aduocats. Par
cet exercice la jeuneſſe s'inſtruiſoit facilement

ment en la pureté de la vraye eloquence;
& quoy qu'vn jeune homme ne fuiuift
qu'vn de ces grands Orateur , neantmoins en plufieurs caufes qui fe prefen-
toient, il entendoit tous les autres aduocats de méme âge que celuy qu'il affiftoit
ordinairement , & il auoit vn grand &
celebre auditoire , ou fe trouuoit vne
grande multitude de peuple , c'eft à dire
de diuerfes fortes de perfonnes , par l'inclination defquelles il pouuoit cognoi-
tre ce que l'on approuuoit , & ce que
l'on rebutoit au difcours de chacun de
ces Orateurs. De forte qu'il auoit vn
bon maiftre , & bien choifi , qui luy
prefentoit le vifage naturel , & non pas
la peinture de l'eloquence , & qu'en affi-
ftant ce celebre Orateur, il ne manquoit
jamais d'entendre de fameux aduerfai-
res , qui s'efforçans par vne emulation
honnefte d'attaindre à fa reputation, em-
ployoient contre luy tout ce que leur
eloquence auoit d'art & de vigueur.

M

Dauantage , l'audience eſtoit tous les
jours pleine de monde nouueau , tant
de ceux qui portoient enuie à la gloire
de ces grands hommes, que de ceux qui
les fauoriſoient ; tellement que le merite
des bonnes ou des mauuaiſes choſes qui
ſe prononçoient en ce lieu , ne pouuoit
eſtre diſſimulé. Ce qui ſeruoit d'éguillon
à ces illuſtres perſonnages ; parce que
vous ſçauez que cette grande & immor-
telle gloire de l'eloquence , ne vient pas
ſeulement de l'approbation de noſtre
barreau, ou de l'eſtime de nos ſectateurs
& de nos parties , mais auſſi de la con-
feſſion propre de ceux qui ſont du party
contraire , par intereſt, ou par affection.
Ie dis plus , que comme de toutes les
loüanges, celles que nous receuons de la
part de nos aduerſaires ſont les moins
ſuſpectes, c'eſt auſſi par leur bouche que
noſtre renommée s'eſtablit plus puiſſam-
ment , & s'affermit auec plus d'aſſeurance. Et certes le jeune homme de qui nous

parlons se rendoit infiniment accompli
par le moyen d'vne si bonne instruction;
car il formoit excellemment son esprit
sur les actions de ces Orateurs, & en es-
coutant ordinairement les discours qu'ils
faisoient, tant deuant le peuple, que dans
les auditoires ou se rendoit la justice, il
acqueroit beaucoup de hardiesse & de
suffisance. En effect, il estoit consommé
en la science des loix, desquelles ils entendoit parler tous les jours, ses yeux
estoient acoustumez au visage des juges,
& à la face des assemblées publiques, &
il sçauoit par experience de quelle façon
il falloit entretenir le peuple. De sorte
que soit qu'il entreprist vne accusation, ou
qu'il se chargeast de la deffense d'vn ac-
cusé, il estoit capable de playder toutes
sortes de causes, sans employer beaucoup de temps à se preparer, & sans auoir
besoin du secours de personne. Ainsi L.
Crassus accusa à dix-neuf ans C. Carbo,
Cesar à vingt trois ans Dolabella, Asi-

nius Pollio a vingt vn an C. Caton , &
Caluus eſtant vn peu plus âgé Vatinius,
& pour former ces accuſations , ces perſonnages dans les premieres années de
leur jeuneſſe cópoſerent des oraiſons que
nous liſons encores aujourd'huy auec ad-
miration. Mais maintenant lon conduit
les jeunes enfans aux eſcolles, ou pluſtoſt
ſur les theatres des Rheteurs , l'origine
deſquels n'eſt gueres plus ancienne en cette ville que le temps de Ciceron , & dont
la diſcipline n'a point eſté agreable a nos
peres. Dequoy nous auons le témoignage de Ciceron méme , qui dit que L. Craſſus & Domitius eſtans Conſeurs, on leur
fit commandement de ceſſer leurs exercices , parce que ſoubs le maſque d'vne
eloquence déguiſée, ils n'enſeignoient que
l'impudence & l'effronterie. Donc , comme j'auois commencé de dire, l'on mene
les enfans en ces eſcolles, ou ie ne ſçay ce
qui corrompt le plus les jeunes eſprits, de
la face du lieu, de la compagnie des eſ-

coliers, ou du genre de l'eſtude. Car pour
ce qui eſt du lieu, comme tous ceux qui
y entrent ſont également ignorans,
l'honneur & le reſpect en ſont bannis.
Les eſcoliers n'y font aucun profit, d'autant que les enfans ne s'entretiennent
qu'auec ceux de leur âge, les adoleſcens
auec leurs ſemblables, & que chacun d'eux
parle & ſe fait écouter auec pareille aſſeurance. Quant aux exercices, les choſes
qui s'y traictent ſont ordinairement contraires. Car les Rheteurs ont deux ſortes de matieres, les ſuaſoires, & les controuerſes. Les premieres ſont laiſſées aux
enfans, comme eſtant les plus faciles, &
n'ayant pas beſoing de tant de prudence
& de force d'eſprit. Les controuerſes ſont
données aux plus ſuffiſans, qui certes s'en
acquitent d'vne eſtrange façon. Et comme leurs ſujets ſont infiniment éloignez
de la verité, leurs declamations n'en approchent aucunement. D'où vient que
ne rencontrans jamais, ou fort rarement,

les occafions de parler dans le barreau
auec leurs difcours empoullez des recompenfes de ceux qui ont tué les tyrans, du
choix que la loy donne aux filles qui ont
efté violées , des remedes enfeignez par
les oracles contre la peftilence , des ince-
ftes des enfans auec leurs meres , & des
autres femblables fujets qui s'agitent tous
les jours dans les efcolles des Rheteurs,
quand ils fe prefentent deuant de vrays
juges, leurs efprits ne leur fourniffent aucunes penfées raifonnables, ils ne peuuent
faire paroître leur fuffifance par aucun bon
raifonnement, & leurs difcours deftituez
de vigueur n'ont que de la baffeffe & de
la lafcheté.　　★　　　★　　　★

Cette haute & diuine eloquence eft de
la nature du feu, & comme luy elle con-
ferue fa vigueur tant qu'elle treuue de la
matiere , elle s'augmente par l'agitation,
& fa chaleur luy donne de l'éclat & de
la clarté. Et c'eft par cette raifon que du
temps de nos peres l'eloquence eftoit

deuenuë fi parfaite. Car encores que les
Orateurs n'ayent obtenu que ce qu'ils
pouuoient legitimement efperer dans
vne republique paifible & bien poli-
cée, neantmoins dans le defréglement
de toutes chofes, & la licence que les
particuliers auoient vfurpée, il fembloit
que ceux qui eftoient eloquens euffent
toute puiffance dedans la ville ; parce que
la confufion eftant generale, & les affaires n'eftant pas gouuernées par vn chef,
chacun des Orateurs s'atribuoit autant
d'authorité, qu'il auoit d'eloquence
pour perfuader au peuple ce qu'il luy pro-
pofoit. Cela eft caufe que nous voyons
vn fi grand nombre de loix qui ont efté
faites en ces affemblées populaires ; & de
là vient auffi que les Magiftrats paffoient
prefque les nuicts entieres fur le tribu-
nal des harangues pour entrenir la commune, que les accufations des grands
eftoient fi frequentes, que les inimitiez
eftoient comme hereditaires dans certai-

nes familles, que ceux qui auoient acquis
de l'authorité formoient des factions contre l'Eftat, & que le Senat eftoit bien fouuent en diuifion auec le peuple. Or ces de-
fordres produifoient deux effects contraires; car en ruinant la republique, ils donnoient du luftre à l'eloquence de ce temps
là, & fembloient ouurir la porte des honneurs & des dignitez à ceux qui en faifoiét
profeffion. Et de fait, celuy qui eftoit le
plus eloquent paruenoit plus facilement
aux plus grandes charges, & les fuffrages
du peuple le preferoient à fes competiteurs;
mémes c'étoit luy qui receuoit le plus de
careffes des grands, qui auoit le plus de
duiffance dans le Senat, & qui eftoit le
mieux cognû de la commune. Alors les
Orateurs eftoient recherchez par diuerfes
nations eftrangeres, qui venoient en foule implorer leur protection. Les Magiftrats que lon enuoyoit dans les prouinces leur rendoient de l'honneur, & quand
ls eftoient reuenus, ils leur faifoient la
cour

cour pour conſeruer leur amitié. C'eſtoit
eux que les Pretures & les Conſulats ſem-
bloient appeller de leur propre mouue-
ment. En fin, encores qu'ils ne fuſſent
qu'hommes priuez, ils n'eſtoient pas dé-
poüillez de puiſſance & d'authorité, d'autant que leurs conſeils gouuernoient le
peuple & le Senat. Dauantage, l'on s'e-
ſtoit perſuadé qu'il eſtoit impoſſible de
tenir vn rang honorable en cette ville,
& de conſeruer ſon credit aprés l'auoir
acquis, ſans le ſecours de l'eloquence. Dequoy il ne ſe faut pas eſtonner, parce que
les Orateurs, malgré eux, eſtoient intro-
duits dans les aſſemblées du peuple, &
qu'il ne ſuffiſoit pas à vn homme d'o-
piner en peu de paroles dans le Senat,
s'il n'auoit le pouuoir de ſouſtenir ſon aduis par les forces de ſon eſprit & de ſon
eloquence. D'ailleurs, ceux contre leſquels
il y auoit quelque plainte, ou qui eſtoient
accuſez de quelque crime, eſtoient obligés de répondre par leur bouche; & pour

N

porter témoignage aux affaires crimi-
nelles, il falloit venir rendre fa depofition
en perfonne, & l'on n'eftoit pas receu à
l'enuoyer par écrit. Ainfi l'eloquence
eftoit cultiuée, non feulement à caufe des
grandeurs où elle faifoit monter les hommes, mais aufli pour la confideration du
befoing que lon en auoit, & de l'auan-
tage qu'elle donnoit à ceux qui la poffe-
doient. Et comme le tiltre d'eloquent ap-
portoit de la gloire & de l'ornement à vn
efprit, au contraire c'eftoit vne chofe honteufe de ne pouuoir parler, & d'eftre reduit
à la neceffité de demeurer muet. De forte
que l'on eftoit autant porté à cette profeffion par le defir d'aller la tefte leuée par
tout, que par l'efpoir des recompenfes; car
il y auoit du des-honneur d'eftre pluftoft
mis au nombre de ceux qui auoient befoing de protection, qu'au rang de ceux
qui deffendoient les autres, & vn honnefte homme ne pouuoit fans rougir laiffer aller en des mains eftrangeres les co-

gnoiffances que fes peres luy auoient laiffées. D'ailleurs, celuy qui n'auoit pas la
reputation d'eloquent, auoit fujet de
craindre que, comme faineant & incapa-
ble de fouftenir vne eminente dignité, il
ne peuft entrer aux grandes charges, ou
qu'apres les auoir obtenuës, il ne fçeuft
pas bien s'y maintenir. Ie ne fçay fi vous
auez veu ces anciens liures qui font encores dans les vieilles bibliotheques, def-
quels Mucianus fait maintenant vn re-
cueil, & dont, ce me femble, lon a def-
ja mis en lumiere jufques au nombre de
vnze volumes de relations, & trois volumes d'épiftres. Par là on peut voir que
Gneius Pompeius & Marcus Craffus ont
efté tres-grands perfonnages, non feulement en la profeffion des armes, mais
auffi en ce qui eft des productions de l'efprit, & des forces de l'eloquence ; que
Lentulus, Metellus, Lucullus, Curio, &
tous les autres grands de ce temps là, fe
font employez auec beaucoup de foing

N ij

& de trauail en cet exercice ; & qu'en leur
fiecle il ne s'eſt treuué perſonne qui ait
acquis vne grande puiſſance ſans le ſecours de cette exellente faculté. Dauantage, l'eloquence eſtoit infiniment releuée
par la ſplendeur des choſes, & la dignité
des ſujets que les Orateurs auoient à traicter. Car il y a grande difference de diſcourir du larcin, de la formule, & de l'in-
terdict, ou de parler contre les brigues
des aſſemblées du peuple, les brigandages
& les voleries ſouffertes par les alliez de
la republique, & les aſſaſſinats des citoyens.
A la verité, il eſt à deſirer que ces maux
n'arriuent point, & l'on peut dire que les
affaires ſont en tres-bon eſtat, quand lon
n'a point de cognoiſſance de ces deſordres;
mais auſſi lors que cette ville eſtoit ſujet-
te à ces agitations, l'eloquence ayant vne
matiere ſi haute, ſe faiſoit paroître auec
toute ſa majeſté. Car la grandeur des choſes donne de nouuelles forces à nos eſprits, & il eſt impoſſible qu'vn Orateur

prononce vne oraifon pleine de belles &
magnifiques paroles, s'il ne rencontre vn
argument fublime & releué. A mon aduis Demofthene n'eft pas redeuable de
fa gloire aux oraifons qu'il a compofées
contre fes tuteurs, & ce n'eft pas la deffenfe de P. Quintius, ou de Licinius Ar-
chias, qui a fait éclater la force de l'eloquence de Ciceron; Catilina, Milo, Verres,
& Antonius, ont fans doubte donné naif-
fance à la grande reputation de cet excellent Orateur. Ce que ie ne dis pas pour
induire qu'il ait efté important pour le
bien de la republique qu'il fe foit trouué
de mauuais citoyens, afin que les Orateurs euffent de nobles fujets de difcourir,
mais pour monftrer qu'en la queftion
que nous traictons cette propofition fe
treuue veritable, que l'eloquence eft en
fon luftre pendát que l'Eftat eft en trouble,
& que tous les ordres font en confufion.
Qui doubte que la paix ne foit meilleure,
& plus vtile que la guerre? Toutefois la

N iij

guerre forme plus de capitaines que la
paix. Il en eft de méme de l'eloquence;
car autant de fois que l'Orateur s'eft treuué en eftat de combatre, & dautant plus
qu'il a donné de coups, & qu'il en a receu,
fa vigueur & fes forces fe font accreuës,
quand il a eu à parler contre vn puiffant
aduerfaire, la difficulté de fon entreprife
a rendu fon action plus glorieufe, & aprés
eftre forti auec honneur de ces hazards,
fon nom s'eft rendu célebre parmy les
hommes qui ont accouftumé de loüer les
chofes douteufes, & de faire peu d'eftat
de celles ou il y a de la feureté. Ie paffe
à la forme & à l'vfage des audiences; enquoy ie peux dire que la couftume qui
eft maintenant receuë a plus de bien-feance, & que l'autre eftoit plus propre pour
donner exercice à l'eloquence. Car alors
vn Orateur n'eftoit pas obligé de con-
clurre & d'acheuer fon difcours dans vn
petit efpace de temps, les delays eftoient
en l'arbitrage des juges, chacun fe pref-

criuoit a foy méme la regle de la durée
de fon oraifon , & le nombre des remi-
fes & des aduocats eftoit infini. Gneius
Pompeius eftant Conful pour la troi-
fiéme fois, a efté le premier qui a retran-
ché cette liberté , & qui, s'il faut ainfi dire,
a mis vn frein à l'eloquence, en ordon-
nant que toutes fortes de caufes feroient
playdées dans la place publique, fuiuant
la difpofition des loix , & au fiege des
Preteurs, lefquels au temps paffé auoient
feulement cognoiffance des plus grandes
affaires. Dequoy nous auons vn bon témoignage dans l'antiquité ; dautant que la
jurifdiction des Centumuirs, qui maintenant eft la plus eminente, eftoit tellement
raualée par le luftre des autres tribunaux,
que nous n'auons aucune oraifon de Ciceron, de Cefar, de Brutus, de Cœlius, de Caluus, ou d'aucun autre grand Orateur, qui
ait efté prononcée en leur audiance. Ie
n'excepte que les oraifons d'Afinius, in-
titulées pour les heritiers d'Vrbinia , lef-

quelles ont esté composées par cet Orateur pour estre plaidées deuant eux ; mais
ces actions n'ont esté faites que sur le
milieu de l'Empire d'Auguste, en vn temps
auquel les douceurs d'vne longue paix,
les charmes d'vne oisiueté continuë qui
s'estoit glissée dans les esprits du peuple,
l'heureuse tranquilité dont le Senat joüis-
soit, & la discipline d'vn excellent Prince auoit appaisé auec tous les troubles
de l'Estat les torrens impetueux de l'e-
loquence. Ie m'imagine bien que ce que
ie vais dire semblera ridicule , & de peu
d'importance ; ie veux pourtant que cela
m'échappe, quand ce ne seroit que pour
donner sujet de rire. Combien pensés-
vous que ces grosses robbes dont nous
nous habillons, & dans lesquelles, s'il faut
ainsi parler , nous nous enfermons pour
discourir deuant des juges , ont apporté de bassesse à l'eloquence ? Combien
croyez vous que ces parquets & ces bar-
reaux , sur lesquels lon plaide maintenant
la plus

la plus grande partie des caufes, ont raui
de forces à l'oraifon ? Car comme vn ge-
nereux cheual dans vne trop courte carriere, ne peut faire paroître ce qu'il a de
vigueur , de méme fi les Orateurs treuuent de la contrainte , & ne peuuent
s'exercer en toute liberté dans le champ
de l'eloquence , cette belle faculté s'affoi-
blit, & ne fçauroit faire monftre de la
grandeur de fa majefté. Dauantage, lors
que nous plaidons nous fommes fouuent
obligez de changer ce que nous auons
preparé auec vne longue meditation , &
de renuerfer l'ordre de noftre difcours.
Car le juge nous interroge fouuent quand
nous commençons , & en ce cas il faut,
auant toutes chofes , que nous refpon-
dions à la queftion qu'il nous a faite.
Quelquefois l'aduocat couppe le fil de
fon oraifon, & demande filence à fes
auditeurs, pour leur faire oüir les preuues
& les témoings. Cependant le monde
s'écoule, & il y a peu de perfonnes qui

O

demeurent à l'audience, de sorte qu'aprés
beaucoup de peine, tout se passe comme dans vne solitude. Or c'est là vne des
principales causes de la corruption de l'e-
loquence ; car l'aduocat veut estre excité
par les acclamations & les applaudisse-
ments, comme s'il estoit sur vn theatre, à
la façon de nos anciens Orateurs, dont
toutes les actions estoient escoutées auec
ces éguillons d'honneur; par ce que l'audience estoit alors remplie d'vn nombre
infini de peuple, & de personnes de mar-
que, qui faisoient estat des choses excellentes qu'ils entendoient, & que les accusez mémes auoient à leur suitte leurs
amis, & estoient assistez de leurs Tribus,
des deputez des villes municipales, &
quelquefois d'vne contrée entiere de l'I-
talie. Ioint qu'en la pluspart des causes,
le peuple Romain, qui estoit present,
croyoit auoir interest au jugement qui
interuiendroit. Et de fait nous sçauons
que toute cette ville accourut pour oüir

accufer & deffendre C. Cornelius , M.
Scaurus, T. Milo, L. Beftia, & P. Vatinius; de forte que les plus froids de tous
les Orateurs fe fuffent efchauffez à voir
le peuple diuifé en partis , difputer de la
vie & de la mort des hommes auec tant
d'affection. Auffi certes les oraifons que
ces grands perfonnages nous ont laiffées
fur ces fujets là font fi admirables , qu'il
femble que c'eft par elles feulement qu'ils
ont acquis de la reputation. Mais il faut
confeffer que ce qui a donné le plus
d'éclat à l'eloquence des anciens , & ce
qui a le plus releué la gloire & le courage des Orateurs, eft que dans les affemblées populaires qui fe tenoient affez
fouuent , il eftoit permis à chaque particulier de parler contre les grands, qu'il
y auoit de la gloire de fe faire de puiffans ennemis, que ceux qui eftoient eloquens n'épargnoient perfonne , & que
plufieurs d'entr'eux ne s'abftenoiét pas méme d'attaquer P. Scipion, Sylla, & Gneius,

Pompeius, & finalement que comme
l'enuie s'attache ordinairement à ce qui
est le plus esleué, le peuple souffroit que
les bouffons outrageassent de leurs mé-
disances les plus excellens hommes. Ainsi
nous ne parlons pas d'vne chose qui
se puisse acquerir dans le repos & l'oisiueté, & qui se plaise à la probité & à la
modestie. Cette eloquence sublime &
admirable est la nourrice de la licence, à
qui quelques maladuisés donnoient autrefois le nom de liberté, elle est la com-
pagne ordinaire des seditions, elle sert de
boutefeu dans les emotions populaires,
elle ne recognoît ny obeïssance ny su-
jection, elle est rebelle, temeraire, & ar-
rogante; de sorte qu'ayant de si mauuaises qualitez, comme elle n'a vogue que
dans le trouble, elle n'est point recognuë
dans les republiques bien policées. Et de
fait nous n'auons jamais oüy parler d'aucun Orateur de Crete, ou de Lacedemo-
ne, ou les peuples viuoient soubs vne

bonne difcipline, & ou les loix pleines de
feuerité eftoient rigoureufement obfer-
uées. De méme on ne fçait que c'eft de l'e-
loquence des Macedoniens, ou des Per-
fes, ny de quelque nation que ce foit
qui a receu vne forme affeurée de gouuernement. Au contraire il y a eu grand
nombre d'Orateurs à Rhodes, & à Athe-
nes, ou le peuple, ou les ignorans, & où,
s'il faut ainfi dire, la multitude auoit toute puiffance. Ainfi tant que cette ville a
aimé le trouble, tant qu'elle a nouri des
partis, des diffentions, & des difcordes,
tant qu'il n'y a point eu de paix dans les
affemblées publiques, d'vnion dans le Senat, & de modeftie dans les fieges de la
juftice, tant que lon n'a point porté de
refpect aux fuperieurs, tant que les Magiftrats n'ont pas vfé de leur authorité
auecque moderation, nos Orateurs ont
eu fans doubte vne eloquence plus puif-
fante & plus vigoureufe qu'elle n'eft
maintenant, comme l'on voit qu'vne ter-

re qui n'eſt point labourée produit quelquefois des fleurs qui ſont fort agreables.
Toutesfois la republique n'a pas tant de-
feré à l'eloquence des Gracches , qu'elle
ait voulu en ſa conſideration ſouffrir
l'eſtabliſſement de leurs loix ſeditieuſes;
& quelque affection que les anciens Orateurs ayent portée à cette forme excellente de l'oraiſon , ils euſſent pluſtoſt choiſi
de perdre tout ce qu'ils auoient acquis
de gloire & de credit , que de s'expoſer
par ſon moyen à vne fin tragique &
déplorable , comme a fait Ciceron. Or à
la verité il ne reſte aucune image de cette ancienne licence dans noſtre barreau,
& toutesfois ce que nous y voyons fait
paroître que la corruption des mœurs
eſt auſſi grande en cet Eſtat qu'elle a iamais eſté, & qu'il eſt impoſſible d'y voir
vne bonne diſcipline eſtablie ſelon les
vœux des gens de bien. Car il n'y a que
de pauures miſerables , ou des criminels,
qui implorent noſtre protection ; il ne

vient icy aucuns deputez des villes municipales, si ce n'est pour se plaindre de
leurs voisins, ou pour chercher des remedes à leurs diuisions domestiques;
nous ne plaidons pour aucune prouince,
qui n'ait esté trauaillée & ruinée par ceux
qui en ont eu le gouuernement; qui sont
toutes choses deplorables, que les loix ne
vangent qu'auec regret, parce qu'il vau-
droit mieux qu'elles ne fussent pas adue-
nuës. Que s'il se pouuoit trouuer vne republique ou les hommes fussent exempts
de faillir, l'innocence & l'integrité se
rencontrans en tous les ordres, les Orateurs y seroient aussi peu necessaires que
les Medecins auprés des personnes qui
sont en bonne santé. Parce que comme
la medecine est fort peu en vsage, &
n'apporte gueres de profit en ces païs
ou l'air sain & temperé rend les corps
tres robustes & tres-vigoureux, ainsi la
gloire des Orateurs perd son lustre, lors
que les peuples aiment les bonnes mœurs,

& rendent volontairement obeiſſance
au ſouuerain. Car qu'eſt il beſoing de
faire de longs diſcours dans le Senat, ſi
les gens de bien ſont incontinent d'vn
méme aduis ? A quel propos feroit on
tant de harangues deuant le peuple, puis
que ce n'eſt pas le grand nombre des
ignorans qui delibere des affaires publiques, & que le gouuernement eſt entre
les mains d'vne ſeule perſonne, qui a conjoinct la ſageſſe auec l'authorité? Pourquoy s'employeroit on de ſon mouue-
ment à former des accuſations, puiſque
les crimes ſont preſque incogneus, & que
les fautes ſont ſi rares ? Que ſeruiroit de
preparer des deffenſes, qui attirent la haine des grands, & qui ſont ordinairement depourueuës de regle & de meſure,
puiſque la clemence du juge preuient
les larmes des criminels ? Quant à vous,
Meſſieurs, qui auez aſſemblé vne grande
probité auec vne eloquence aſſez parfaite, croyez que ſi vous auiez pris naiſſance

aux

aux fiecles paffés, ou fi les Orateurs que
nous admirons viuoient en noftre temps,
& fi quelque Dieu auoit en vn moment fait vn changement de leurs vies
auecque les voftres , vous n'euffiez pas
manqué d'atteindre à cette haute &
fouueraine eloquence, & eux fans doubte euffent conduit leurs actions auec le
temperament que vous apportez en vos
plaidoyeries. Mais puifque nous ne pouuons en vn méme temps acquerir beaucoup de reputation , & viure en vn
grand repos, il faut que chacun joüiffe
des biens que fon fiecle luy prefente,fans
blafmer ceux qu'il ne peut poffeder. Maternus ayant acheué, Meffalla luy dit ; Si
nous auions encores du jour, ie pourrois
vous contredire en certaines chofes, &
ie vous obligerois d'en expliquer quelques autres plus au long. Ce fera quand
il vous plaira,refpondit Maternus, & s'il
y a quelque endroit au difcours que ie
viens de faire, ou ie vous femble obfcur,

ie feray bien aife que nous en conferions vne autre fois enfemble. Et auffi-toft fe leuant, & embraffant Aper, il luy dit, Ie vous mettray mal auec les poëtes, & Meffalla vous rendra le méme office auprés des adorateurs des anciens. Et moy, repartit Aper, ie me plaindray de vous aux Rheteurs ; & au méme temps Maternus & Meffalla s'eftant mis à foufrire, nous nous en allafmes.

F I N.

EXTRAICT DV
Priuilege du Roy.

Par grace & Priuilege du Roy en datte du 29. jour de Ianuier 1630. signé , Par le Roy en son Conseil , CONRART, & sellé en cire jaulne , il est permis à Charles Chappellain Imprimeur à Paris , d'imprimer vendre & debiter vn liure intitulé , Des causes de la corruption de l'eloquence, Dialogue attribué par quelques vns à Tacite, & par autres à Quintilien, traduict en François ; & ce pendant le temps & espace de six ans, pendant lesquels il est deffendu à tous Imprimeurs & Libraires de l'imprimer & contrefaire , ny en vendre d'autre impression que de celle dudit Chappellain , à peine de mil liures d'amende & confiscation des exemplaires, comme plus à plein est porté par lesdites Lettres.